赵丽宏
美文精选
——赏析版——

风物卷

赵丽宏 著

会思想的芦苇

浙江少年儿童出版社·杭州

图书在版编目（CIP）数据

会思想的芦苇 / 赵丽宏著. -- 杭州：浙江少年儿童出版社, 2023.10
（赵丽宏美文精选：赏析版）
ISBN 978-7-5597-3442-6

Ⅰ.①会… Ⅱ.①赵… Ⅲ.①散文集—中国—当代 Ⅳ.①I267

中国国家版本馆CIP数据核字(2023)第182811号

赵丽宏美文精选·赏析版

会思想的芦苇

HUI SIXIANG DE LUWEI

赵丽宏/著

责任编辑	卢科利
内文插图	画画的陈一丘
封面绘图	黄 兰
封面设计	潘 洋
责任校对	马艾琳
责任印制	孙 诚

浙江少年儿童出版社出版发行
地址：杭州市天目山路40号
浙江新华印刷技术有限公司印刷
全国各地新华书店经销
开本880mm×1230mm 1/32
印张5.625 插页12
字数103000
印数1-10000
2023年10月第1版
2023年10月第1次印刷
ISBN 978-7-5597-3442-6
定价：36.00元
（如有印装质量问题,影响阅读,请与承印厂联系调换）
承印厂联系电话:0571-85164359

目录

名家

习作营

用文字画出天籁

天籁是什么？天籁是日月星辰的运行，是风雨烟云的变幻，是大地上万物生长的姿态，是天空中百鸟的翔舞歌唱，是草的叹息、花的微笑、昆虫的私语，是月光在水面上流动，是微风在树林里散步，是细雨亲吻着原野和城市……

只要你热爱自然和生命，只要你懂得欣赏大自然的美，那么天籁就会是你无时不在的朋友，她就在你的周围，在你眼帘里，在你的耳膜边……

我年轻时，曾经在长江口的崇明岛生活过几年。那时，生活穷困，劳动艰苦，精神孤独。但是有一个朋友始终陪伴着我，无论春夏秋冬，无论阴晴雨雪，她总在我的身边，不离不弃，使我在孤独之中感觉到一种安慰和亲近。这位朋友，就是天籁。我不仅用眼睛欣赏她，用耳朵倾听她，更用心灵去感受她。

那时，我天天在油灯下写日记，日记中的一个重要内容，就是记录每天看到的自然风光。我曾经称这样的记录为："用文字来绘画。"

如何用文字来绘画，画出你身边的天籁？首先必须发现天籁之美。只要有一颗热爱自然的心，那么，你观察到的天地万物永远不会平淡无奇。每天的日出，因天边云彩的变幻而景象迥异；庭院里的花树，也会因气候的不同而气象万千；雾里的树影，风中的芦荡，雨中的竹林，阳光下田边地头星星点点的野花，都是那么美妙，值得我把它们画出来。既然是绘画，就要画出形状，画出色彩，画出千变万化的气息。这些，用文字是可以做到的，文字就是绘画的工具和材料。我们的汉字，是世界上表现力最丰富的文字，只要平时注意积累，尽可能多地将各种各样的词汇收入自己的库藏，经常检点它们、使用它们、亲近它们，熟悉每一个词汇的性格和特点，在需要时，它们就会自动蹦到你的笔下，帮你完成你的文字绘画。

年轻时代用文字绘画的习惯，一直延续到现在，仍然其乐无穷，因为天籁这位神奇美妙的朋友，从来没有离开过我。

此类文章，现在有些作家似乎已不屑写，在他们看来，用文字描绘自然景象，是无聊和浪费时间。有些人认为，文学的写作，只需写人写事写社会，无关风花雪月，此实乃误区。人若离开自然，岂不成了机器。身在自然却不识其美，是人类文明之悲哀。

　　用文字记录描绘风景山水，不是旅游介绍，而是审美体验，是心灵感悟，是人与自然的交融和交流。

　　亲爱的读者，请拿起笔，写出你感受到的天籁，写出你看到过的美景，写出你在山水之间得到的审美乐趣和人生感悟。

天下万物皆有情

　　中国的古诗中，咏物诗是一个品类。所谓咏物，就是对物的描绘、歌咏，是诗人在诗作中托物言志、借物抒情。其实写散文常常也是这样——通过对一些具体物象的描写，抒发情感，感叹世界的丰繁和人心的浩瀚。

　　这里所说的"物"，究竟是什么？其实，天地之间的任何物质，都可以包含其中。可以是有生命的物种，如植物、动物，也可以是没有生命的物体。这样的"物"，可以很大，一座山、一条江，甚至是大海、星空；也可以很小，小到一棵草、一片树叶、一张纸、一块石头、一粒尘埃。这些物，为什么会出现在诗文中？那一定是有原因的，因为它们曾经吸引你的视线，曾经拨动你的情感之弦，曾经和你的生活发生关系，使你因此而受到感动，由此而体悟人生的意义，思索生命的秘密。

　　进入诗文的"物"，都是有感情的物体，它们包涵、折射着作者的喜怒哀乐。每一种"物"都寄托着一段感情，留下了一份思索。如《最后的微笑》，写一棵历尽磨难而顽强生存的古柏，由此惊叹生命的顽强和坚忍。《我的坐骑》，写一辆旧自行车，反映的是那个时代普通人真实的生活情状。

　　其实，几乎所有叙事抒情的散文中，都会涉及不同的"物"，这些"物"和作者之间，不仅仅是视觉、触觉、味觉和嗅觉的关系，也是千丝万缕的精神的联系，是作者的思想和情感在客观世界中寻找到的一种寄托。因为人的存在，因为人的生活，天下万物都可能是感情的载体，它们会随着生命的歌唱翩然起舞，变得多姿多彩，无限丰富。

　　亲爱的读者，想一想，你的人生经历中，有多少可以寄托自己情感的"物"，用文字把它们画出来，让它们成为情感的美妙载体。

研读课 名师

阅读导入

作者对水乡有一种割舍不断的情怀，他笔下的水乡总是柔美的、温情的，《水乡捕鱼》中的水乡却是热闹的、欢腾的。作者不再只写温柔的水乡，而是抓住了水乡中"捕鱼"这一特定的活动，展示了水乡丰富多样的捕鱼活动，也赞美了水乡渔人的智慧和创造力。读这篇文章时，请你细细品读作者的语言，捕鱼活动的动景和静景也是一大亮点，当你认真品读完文章会发现：原来水乡捕鱼如此有趣！一边读一边找找，哪些词语和句子能让你感受到水乡捕鱼的乐趣。

水乡捕鱼

开门见山，"留恋"二字点明了作者对水乡的独特喜爱之情。连用四个动人的比喻句，引出水乡静谧优美的环境，从而引出渔民与捕鱼。鱼儿和渔人的对比，突出了渔人的智慧，也暗示了文章的中心思想与渔人有关。

我留恋江南水乡。那明镜似的湖泊，玉带似的河流，还有那云彩般飘动的帆影，月牙般拱立的石桥……和江南的水连在一起的，是渔民的生活。我喜欢看他们捕鱼，也喜欢听他们谈捕鱼。据说，鱼是很狡猾的，人有十个心眼儿，鱼有九个心眼儿。然而，人比鱼毕竟多一个心眼儿，所以，鱼儿再狡猾，总逃不出渔人的罗网。

在生长着菱和水葫芦的湖泊中，渔家姑娘们摇着舢板，把一个个小网袋挂在菱叶或水葫芦根下，做上记号。夜里，鱼儿喜欢依附着菱叶或水葫芦根栖息，于是就不知不觉地钻进了网袋。清晨，姑娘们摇着舢板来收网时，鱼儿才刚刚发现上当，一阵乱蹦，银鳞在霞光里闪着灿烂的光

作者巧妙运用了拟人的修辞手法，把鱼儿拟人化，"喜欢""不知不觉""发现上当"等词赋予了鱼儿可爱又机敏的形象，侧面烘托了渔家姑娘们捕鱼方法的巧妙。

芒……在河浜沟汊多的地方，人们还用类似的方法捉黄鳝。他们用篾竹编了许多筒形的竹篓，篓口倒插着一圈锋利的竹片，只露出一个酒杯底大小的进口，黄鳝进得去，出不来。有时，连凶狠的水蛇也成了渔人的俘虏呢！

　　我还见到两个十来岁的小男孩，只用几块瓦片，就逮到了味道鲜美的土婆鱼。他们把两块瓦片捆在一起，使它们变成一个个扁扁的圆筒，然后用绳子系着，放到土婆鱼出没的浅滩中。土婆鱼喜欢钻洞，一不留神，就钻进了孩子们安置的瓦筒，被牢牢地卡住，再也动弹不得了。孩子们拎着捕获的土婆鱼，一路欢叫着奔回家，快活得就像两匹撒欢的小马驹。

　　还有一种十分有趣的"吧嗒船"。这是一种单人乘坐的小舢板，船头有一块又长又宽的木板，用油漆涂得雪白，紧贴着水面，船舱里装着两块特制的木板，用脚一蹬，两块木板就撞击出吧嗒吧嗒的响声，"吧嗒船"的名字，便由此而来。渔民常常划着"吧嗒船"在月夜里捕鱼。月

"俘虏"一词用得多妙呀！凶狠的水蛇和聪明的渔民斗智斗勇，但是渔民更胜一筹，衬托出渔民高超的技艺和聪明才智。

看了这段描写，相信你的眼前一定也浮现出孩子们捕鱼的欢乐场景，那份喜悦和惊喜从"欢叫""快活""撒欢"等词中不经意流露出来。我们写作时也要多学习运用不同的词语，使语言更富有画面感。

光下的湖面，像一面巨大的镜子，亮晶晶，平展展。"吧嗒船"在水面上滑动着，轻巧、敏捷，一支桨搅碎了水中的月亮。开始捕鱼了，渔民突然用脚猛蹬舱内的响板，那清脆响亮的吧嗒声，一下子打破了湖面的寂静，也惊醒了水底下鱼儿们的美梦。在一片吧嗒声中，鱼儿被吓得晕头转向，纷纷跳出水面，慌乱地游进渔民安撒的丝网之中，成了网中之囚。只见小船四周波光闪动，有的鱼跳上了船头的那块白板，渔民只要轻轻地伸出网兜，就能把它们逮到手了。在水乡的夜晚，哪里出现了"吧嗒船"，哪里就会像白天一样热闹、欢腾。

在江南水乡，到底有多少捕鱼的方法，谁也说不上来。有一个老渔民告诉我，水底下有多少种鱼，渔家就有多少捕鱼的办法。光是各式各样的网，就有几十种之多。渔民不仅利用工具捕鱼，还驯养水禽捕鱼哩！鱼鹰，就是江南水乡常见的一种捕鱼水禽，渔民们亲切地叫它"老鸭"。这些灵活听话的水禽，真是渔家的得力帮手。鱼鹰船有四五米长，船的两舷缚着一根根木棍，横在水面上，每根木棍上停着一对对鱼鹰，乌黑油亮的羽毛，尖利细巧的长嘴，略秃的脑袋上转动着一对山鹰般的眼睛。远远看去，就像两排黑色的卫士，分站在小船的两边。别看鱼鹰个头儿不大，驯服文静，捉起鱼来可是又灵活又勇猛。在青浦的大泖河中，我见到过渔民带着它们大显身手。一对鱼鹰船，带上三十多只鱼鹰，把宽阔的河面闹得一片欢腾。鱼鹰扑打着翅膀，在水面不停地扇动着，时而飞离河面，时而又潜入水中。从水中钻出来时，那长而尖的嘴里总是叼着一条泼剌剌挣扎的鱼，有青鱼，有鳊鱼，有草鲢，有鲤鱼，还有稀少的鲑鱼呢！一个小伙子划着一条轻捷的小船，梭子似的穿行在鱼鹰中间，哪里有鱼鹰捉到鱼，他就向哪里划去。鱼鹰捉到鱼后，昂着头，把鱼叼在嘴里玩弄着，仿佛在欣赏它的"俘虏"挣扎的样子，一副胜利者神气的样子。其实，它们是想把捕获物吞下肚去。可是渔民预先在它们的脖颈上系缚

作者是怎样描述鱼鹰的？看一看相关的描写，你会发现：作者运用了动作描写、侧面描写、神态描写等多种描写方法，鱼鹰的一动一静都在作者的笔下活灵活现，可见作者观察得多么细致入微。我们写作时也要善于观察，多用各种角度的描写方法来描述事物，善于用细节描写会使文章更生动形象。

上了绳子，稍微大一点的鱼，便无法下咽，只能乖乖地让渔民从嘴中把鱼儿收去。

多好的办法！渔民的智慧再一次显现。

三十几只鱼鹰在水中努力工作着，井然有序，一丝不乱。突然，有一只鱼鹰似乎遇到了强有力的对手，只见它的头伸入水中，翅膀用力扑撩着水面，显得既紧张，又吃力。终于，水面露出了一条乌黑的鱼脊——好家伙，准是条少见的大鱼！大鱼在水下拼命挣扎着，有力的尾巴甩出了水面，溅起几尺高的浪花，可是却无法甩脱顽强的对手。鱼鹰死死地叼住大鱼不放，喉咙里发出急促而低沉的呜呜声，好像是在求援。划船的小伙子闻声赶到，用网兜捞出了一条两尺多长的大鲤鱼，少说也有十来斤，比鱼鹰的个头还大呢！那位渔家的小伙子自豪地告诉我："这算什么，到冬天，我们的'老鸭'能逮几十斤的大鱼哩！"我想，把鱼鹰训练成这样，渔民们一定是花费了许多心血的。

这一句是神来之笔，巧妙地把重点从鱼转移到了渔民，为文章最后的抒情和赞美奠定了基础。

最后一段是画蛇添足吗？开头说的是水乡捕鱼，结尾却赞美了水乡捕鱼的渔人。其实这一段是升华了中心，从描写捕鱼到渔人，从夸赞捕鱼人的技术高超升华到赞扬充满智慧和创造力的劳动，表达了作者对水乡渔人的敬佩，也从劳动美的角度为水乡增添了魅力。

真应该感谢那些勤劳的渔人，正是他们那些充满智慧和创造力的劳动，为水乡增添了美的色彩。

真应该感谢那些勤劳的渔人，正是他们那些充满智慧和创造力的劳动，为水乡增添了美的色彩。

名师赏析

　　读完这篇文章，在你心里，水乡美在哪些地方呢？水乡不仅美在动人的风景，还美在充满智慧和创造力的捕鱼，美在勤劳的渔人，美在动静有时，美在让人心生向往。

　　作者写水乡捕鱼，写到了网袋捕鱼、瓦片捕鱼、"吧嗒船"捕鱼、鱼鹰捕鱼等多种捕鱼方法，各有特色，动人心弦；写水乡渔民，写到了渔家姑娘、小男孩、小伙子、老渔民等多个渔民形象，出场各异，却都"身怀绝技"。水乡捕鱼的奇妙方法，无一不是水乡渔人的智慧和创造力的结晶，也是最吸引作者和我们的地方。

　　水乡捕鱼的描述生动有趣，让我们也不禁联想到在日常生活中看到过的那些民间技艺：捏糖人、做风筝、剪纸……请你动动笔，用文字把它们描绘下来吧！不妨学习作者从多个角度出发，运用丰富的描写方法，呈现各异的人物形象，让你的文章更富有感染力！

阅读导入

你见过雨雾吗？绿色的雨雾呢？作者沉醉于山林里的雨雾，为我们呈现了绿色的雨雾的奇妙景象，也展示了雨雾的多个特点，用词生动形象，手法多样，值得我们学习。请你用心品读，找一找文章里对雨雾的描写，写一写你心中的雨雾。

绿色的雨雾

汽车沿着盘山公路缓缓地向上爬着。哦，莫干山，它那迎面扑来的一片绿色，使我的整个身心都沉醉在一种未曾有过的清爽之中了。到达山顶的荫山街，安排好住宿，已经是黄昏，想要细细观赏这秀美的山林，只能留待明天了。那一晚，我枕着幽幽的林涛声睡去，梦境，也仿佛是一片绿色……

一阵阵清脆婉转的鸟鸣把我从梦中唤醒了。推开窗，哟，飘飘然飞进来一片透明轻柔的白羽纱——哦，是雾。向窗外望去，只见白蒙蒙、浑浊浊一片，看不见远山，看不清近处的树林，更不用说朝霞旭日了，只有那如烟如纱的雾，淡淡的，轻轻的，在清晨湿漉漉的空中飘来飘去……

雾，竟神不知鬼不觉地悄悄笼罩了群

标题起得十分牵动人心，绿色的雨雾极为少见，让人心生向往。

开门见山，寥寥几句写出了莫干山给"我"的第一印象，"绿色"二字同时照应了标题。"绿"和"清爽"又有什么联系呢？实在引人深思。

"绿色"第二次出现，不仅现实里给"我"留下深刻印象，也带来了一个幽静清新的梦境，吸引读者的兴趣。

不说"像"而说"是"，运用了暗喻的手法，写出了"我"眼里和心底的雾是透明轻柔的。

"神不知鬼不觉"与"悄悄"两词写出"我"的惊讶与疑惑，为雾增添了几分神秘感。

山。我不禁一阵失望，这扫兴的天气！然而几位同伴却兴致不减："走，雾中游山，别有风味呢！"

走出宾馆，是一片幽深的竹林。飘忽的雾幔中，看不清竹林的深度，只听见竹叶在晨风里絮语：沙啦啦、沙啦啦……一颗水珠滴落在我的脸上，凉丝丝，怪惬意的。抬头望去，一簇水灵灵的竹叶，含着一颗颗晶莹闪烁的露珠，像一团碧绿的翡翠，在我的头顶颤动着。这一团翠绿，仿佛点亮了我惺忪的眼睛：从轻悠悠流动的雾中，恍恍惚惚地闪出淡淡的绿来，一星星，一团团，一片片，就像有人在雪白的宣纸上轻轻泼洒下一片绿色，慢慢地化开、化开……沿曲折逶迤的石板小径走着，越走，这绿便显得越真切，越浓郁。竹叶上的水珠，不时地滴下来，落到我的脸上、手上，流进我的颈子里，似在撩拨着游人的兴致。同伴们的头发都被雾气打湿了，眉毛和睫毛上，挂满了亮晶晶的小水珠。

走出竹林，山道开阔了，雾也变得更

为透明，而且流动得更加迅速。此时的雾中山色，随着轻绡羽纱似的雾气悠然流动，远山近峦时时显露出淡青色的、隐隐约约的、飘飘忽忽的曲线，使人在神奇之中感觉到一种亲切。我似乎不怎么讨厌这雾了。我觉得自己仿佛是一个探宝者，正在这茫茫雾海中寻找着稀世的珍宝，不时地为一些突然的发现而惊喜地叫起来——当一座精巧的建筑闪烁着缤纷的色泽，突然从雾幔中探身而出的时候；当一块奇异的岩山突然横在眼前，挡住你的去路的时候；当一丛野花摇曳着露珠莹莹的花瓣，突然出现在路边的时候；当一汪清亮的泉流发着叮叮咚咚的声响，突然涌到你的脚下的时候；当你在艰难的攀登之中，突然发现峰回路转的时候……真的，这真是一种很难得的乐趣，就像人们在生活中的追求。那些被追求的目标，往往不是可望可即、一清二楚的，但它们存在着，并且永远在那里等待着。只要你不懈地寻觅、奋斗，它们总会突然地出现在你的眼前，出其不意地送给你一种成功的快乐。

绿色的雨雾是怎样的？从视觉、触觉两个角度，我们可以发现，这绿色的雨雾既飘忽，又清凉，还充满无尽的生机活力，和山林、游人融为一体，总让人惊喜不已。

还记得刚开始的"失望"吗？此处是"我"对雨雾情感的转折点。

话题一转，明明刚刚还在讲雾，突然说到了追求，这不就是从表面到深层吗？简单的自然现象，也可以让我们获取生活的感悟。

散文中除了记叙和描写，有时也可以穿插议论，但要自然流畅，如作者从探求雾的惊喜中悟出了生活中的道理。

这一段是个过渡句，从上文的说理引出下文对雨雾的其他描写，简短但是必要。

雨雾的神秘不止在于外形，还在于它浓浓的神话色彩，仿佛是古老故事的见证者和参与者。这绿色不就是镆铘衣裙的色彩吗？这为莫干山的雨雾更加增添了几分魅力，使人心神荡漾。

雨雾也有活泼奔腾的时候，在瀑布的动态映衬下，雾中世界多了一股豪气。

"哗哗哗——"一阵阵深沉雄壮的流水声，仿佛从极其遥远的地方，穿过雾的封锁传了过来。

"快到剑池了！"同伴们又是一阵惊喜。很想远远地眺望一下这莫干山中的第一名胜。然而不行，雾，依然把一切罩得严严实实。云雾弥漫的山谷显得空溟缥缈，只有那一阵阵深沉的流水声，不停地从山中飘来，与乳白的雾气搅和在一起，形成一片神秘的气氛。在这种气氛里，很自然地想起了关于莫干山的那些神奇的传说。当年，镆铘和干将就在这山中铸剑，在氤氲的团雾之中，我仿佛看见他们正在剑池旁磨剑，在炉火旁炼剑。镆铘，这美丽而又勇敢的女子，为了炼出宝剑，纵身跳进了熊熊炉火。嗬，她的衣裙，是绿色的……

哗哗的流水声越来越响。终于，一道喷溅着雪白的水花、迸发着震耳的喧响的瀑布，从雾中显露出来，就像一把硕大无朋的宝剑从天外飞下来，直插进一个绿森森的深潭之中。整个雾中的世界，都因之而颤动起来……

离开剑池踏上登山石径时，竟下起雨来，弥漫的晨雾转瞬间都凝成了雨珠。亮晶晶的雨珠滴在竹叶上，漂在泉潭中，发出许多轻微悦耳的声音。一些游客撑起了彩色的雨伞，于是青苍苍的雨雾里，便绽开了一朵朵耀眼的小花……

只有景物或许是无趣的，加上了游人的活动，这画面仿佛才生动起来，人和雨雾相得益彰，构成一幅美丽的"雾中彩伞图"。

到达山顶，雨停了。云隙里，射下来一缕缕金黄色的阳光。登上宽阔的观日台极目四望，绿色的远山、绿色的竹林、绿色的湖泊，一切都历历在目了。不久前还漫山飘飞的雾和雨，此时仿佛都已融化在这一片清新的绿色之中。

雾来得悄无声息，消失时也充满神秘感，再次给人留下美好的记忆。

但愿这绿色能长久地留在我的记忆里。

结构上再次照应标题和开头中的"绿色"，正是文题呼应和首尾呼应的运用。在写作文时，这可以使文章更具有系统性。

内容上抒发了作者的情感，"永久"一词表达了我对绿色的雨雾深深的喜爱和留恋。

🍄 名师赏析

　　读完了全文，思考一下：绿色的雨雾特别在哪里呢？为何能让作者久久不能忘怀？

　　其实，作者笔下的雨雾特别之处在于是绿色的、是山里的，更是探求获得的。作者从视觉、听觉、触觉等角度来描写雨雾，按时间顺序写了雨雾的出现、浓稠和消失，还从静态和动态的角度为我们呈现了绿色的雨雾的魅力和神秘。

　　写景的作文除了单纯描绘景物，更要学习从自然中获取生活的奥秘。作者欣赏了美不胜收的绿色雨雾，也由此引发了对生活的思考。下一次写景物时，你也试一试写出生活感悟，让它成为作文中的一个亮点。

阅读导入

在作者笔下，五老峰不仅是庐山的一座山峰，它更是李白的化身，承载着诗人的浪漫与诗意，与作者一道流连山水间，观赏太阳升起。正所谓"一切景语皆情语"，心中有诗，写出来的一花一木、一草一树都是诗；心中有爱，写出来的一沙一石、一方一土都有爱。读《五老峰遐思》，你能从字里行间感受到浓浓的诗意，深深的爱意……

五老峰遐思

拟人手法的运用，巧妙地表达出作者观赏庐山日出的急切心理。

脚步，叩醒了大山的梦。吧嗒、吧嗒……清脆的足音在幽谷晓雾中回荡着……

为观赏仰慕已久的庐山日出，我特地起了个大早，从庐山大厦出发，抄小路直奔含鄱口——据说这是观日出的极佳地点。

赶到含鄱口，天已经蒙蒙亮了。极目远眺，但见雾气茫茫，群山间仿佛飘动着无数透明柔曼的轻绡，山的轮廓在茫茫雾幔中浮动，隐隐约约，若有若无。东方的天边已透出一抹暗红，并且越来越红，越来越亮，该是旭日初上的时辰了。然而，一座高大峻奇的山峰横在正东方，正好挡住了日出的方向。旭日从地平线上喷薄而出的奇丽的一刹那，肯定是看不见了。

作者先营造一种雾蒙蒙的神秘氛围，然后笔锋一转，高大的山峰清晰明确地现身，通过先抑后扬的手法给了五老峰一个别致的出场仪式。

唉，这煞风景的山啊。旁人告诉我：这是五老峰。

这便是那座附丽着神奇传说的五老峰吗？它的形状，应当像五个神态各异的老人。然而，此刻它隐匿在淡淡的雾霭里，使人难识其真面目，山的下半截被晨雾严严实实地封锁着，参差不齐的山脊伸出云端，呈现出深沉的紫色，恍如苍海中一组古老的篷帆，被彤红的天幕映衬着，既瑰丽，又弥散着一种神秘的色彩……

"庐山东南五老峰，青天削出金芙蓉。九江秀色可揽结，吾将此地巢云松。"这时，唐代大诗人李白的诗句蓦地像山间的泉水一样，涌上我的心头。

此刻，天已大亮，太阳仍未露脸，东方的天空恍如着火一般，五老峰却显得愈加黝黑深沉。这时我看清楚了，它的主峰确实像一个老人——我只能找到这一个老人，其他耸起的小峰，只是像他的披肩，像他被风撩起的斗篷。山的形状，本来就由人们自由想象，不该有什么约定俗成的，为什么要束缚人们想象的翅膀呢？五

以"古老的篷帆"作喻体，用"彤红的天幕"来衬托，形象地写出五老峰奇丽而神秘的样子。

诗句先开门见山介绍了五老峰的地理位置在庐山东南方，再以"削"字巧妙生动地刻画出五老峰的险峻，以"金芙蓉"极言五老峰的美丽，然后用"可揽结"写出九江的美丽风光可以尽收眼底，轻松入怀，最后诗人通过"巢云松"这一决定表达出对此地的无尽喜爱之情。如此瑰丽的景色，如此神圣的山峦，怎能不让人留恋？

老峰确实像一个翘首沉思的老人，他默默地坐在远方，和我一样，等待着激动人心的日出……啊，李白又飘然走进我脑海中来了——五老峰，和李白的关系太密切了！当年遇赦东归之后，李白二度来到庐山。此时，诗人已是年近花甲的老人了，饱受颠沛离乱之苦，并且看够了权势者们的冰冷面孔，对政治，他几乎是心灰意懒，而庐山的秀美风光，却对他充满着吸引力。"九江秀色可揽结，吾将此地巢云松。"就在五老峰下，李白筑庐隐居了。当时的情景，我仿佛依稀能够想见：一位瘦削的老人，常常独自踟蹰于山水之间，山中的一石一木，都会触动他的诗情。尽管是隐士，李白还是兴致勃勃，初心不改，他永远有着孩童的纯真和诗人的激情。

诗，如同喷泉一般，一首又一首从他的心中喷出来了，一会儿是"我本楚狂人，凤歌笑孔丘"，一会儿又是"仙人浩歌望我来，应攀玉树长相待"。然而更多的是山水之情，"屏风九叠云锦张，影落明湖青黛光""香炉瀑布遥相望，同崖沓

李白果然在这里的青松白云间隐居了，与他一贯的浪漫主义气质十分相符。这样的浪漫情怀也在影响着观景人——作者，使得作者观山山有情，看水水有意。

嶂凌苍苍"，这些都是他吟咏庐山秀色的名句。而那首《望庐山瀑布》，早已成了千古绝唱："日照香炉生紫烟，遥看瀑布挂前川。飞流直下三千尺，疑是银河落九天。"何等有声有色的画面，何等奇丽飘逸的想象啊！在人类的情感中，也许是有一些永恒的东西。不管世事如何沧桑变迁，山河的魅力、大自然的魅力，却是永存的。只要你热爱祖国的大地，热爱人间的生活，你就会陶醉，会在其中忘情，会展开诗的想象之翼……

　　含鄱亭周围忽然响起了一片欢呼声，太阳马上要露脸了。五老峰，这位一直默坐着的老人，仿佛也激动起来。无数金红的光线从他的肩后向天空辐射开去，就像他举起了一把无比辉煌的折扇，兴奋地向即将出现的旭日挥舞着，峰顶盘绕着一缕灿烂的云霞，正好是折扇的一绺璎珞柔柔地飘拂，使日出前的气氛变得柔和而妩媚。不久，五老峰顶倏地一亮，仿佛有一颗耀眼夺目的红宝石，突然缀上了老人的头冠，然而这红宝石很快便大起来，大起来，终于变成了一轮喷吐着光焰的又大又圆的太阳，并且奋然跃上了中天，把整个世界都映照得灿烂辉煌。五老峰脚下的氤氲消散了，鄱阳湖的滩岸在山脚下弯弯曲曲地伸展开去，一直隐入云气空溟的天尽头，湖面闪烁着亮晶晶的万点波光。五老峰一扫阴郁沉闷之气，变得晶莹剔透。他昂首旭日，环顾这瑰美壮丽的山水长卷，许是在吟诗了："翠影红霞映朝日，鸟飞不到吴天长。登高壮观天地间，大江茫茫去不还……"这首李白的《庐山谣寄卢侍御虚舟》，据说就是在五老峰下吟成的。也许，一千二百多年前，也是在这样一个晴朗的早晨，这位隐士面对着同今日一般美妙的日出，禁不住兴致勃发，举杯挥毫，且饮且歌，行云流水般自然地写成了这首诗……

简直令人难以置信，太阳才升起不过十来分钟，云和雾，竟不知从哪里悄悄地升腾起来，弥漫开来，顷刻就把天地搅得一片混沌、一片朦胧。五老峰，整个儿隐匿进云里雾里，哦，也许，他醉了，就像李白当年陶醉在迷人的晨光里……

"走啊，上五老峰去！"同伴中有人高喊一声。

于是，杂沓而又清脆的脚步声，在上山的石径上响了起来。我仿佛觉得，这脚步声中，也有李白的足音，轻轻地，欢快地，和我一起去寻找美，寻找诗……

名师赏析

　　这篇文章的写法尤其独特，神秘瑰丽的五老峰，在作者的生花妙笔下一点一点地揭开神秘的面纱，先抑后扬的写法更加突显五老峰出场的隆重。诗歌使李白具有了流传千古的不朽生命，诗歌也使五老峰具备了名扬天下的多变气质。作者通过诗歌的巧妙穿插、想象的神奇植入，不仅把五老峰的美丽描写得淋漓尽致，更把它的人文底蕴深深地烙印在读者的心中，使读者一边欣赏美丽而神秘的景致，一边享受一顿诗歌文化的大餐。

　　假如你来写一处景物，你会运用哪些古诗？诗中的描述是否代表这处景物的文化？能否有效地传达写作时真挚的感情？注意一定要恰当运用。

阅读导入

　　"大红袍"被誉为"茶中之王",生长在人烟稀少的深山老林中。作者去山中寻找它的足迹,却遇到了重重困难。作者寻茶之路会遇到哪些困难?他们又是如何应对的?最后找到茶了吗?"大红袍"跟他想象中的一样吗?请你带着这些问题,认真读一读文章,找一找作者是如何描述寻茶之路的。

"不如仙山一啜好，
泠然便欲乘风飞。"

寻"大红袍"记

"'大红袍'在哪里?"

"沿着小路一直走,见岔道时只管往右拐。"

"远不远哪?"

"说远也远,说不远也不远。诚心去看,还怕找不到!"

简短的回答,却富含哲理。

从天游峰后山下来,我们在一个岔道口问路。为我们指路的是一位在山上耕作着一块巴掌大土地的老人。他三言两语回答了我们的问题,用手指了指远方,便埋头翻地,再也不理睬我们。

远方,只见丛生的杂树野草,在风中不安地摇晃,危岩交错,峰峦重叠,轻纱似的云雾从山坳中袅袅飘起,使眼帘中的一切都变得若游若定,似有似无……"大红袍"在哪里呢?

这里是环境描写,营造了荒凉、萧瑟、神秘的环境氛围,也暗示了我们寻茶之路的艰辛和困难。

"大红袍"，是武夷山中的几棵名扬四海的茶树。听说这几棵茶树从清朝开始就被人们誉为"茶中之王"，每年采制加工的几斤不多的茶叶，全都要进贡到朝廷里，供帝王贵族消受。到武夷山来的人，一定要去看看这几株茶树，一是为了它们奇怪的名字，二是为了它们的珍贵。

路不好走。尺把宽的小径，曲曲弯弯地在野草和乱石之中蜿蜒，藤蔓、荆棘、野蔷薇，不时牵衣绊脚，胳膊和脚踝上，被划出了一条条血印。有时候野草太茂盛，杂色的草叶枝条把崎岖的路面掩盖得严严实实，只能用脚在野草底下试探着前进，真担心突然踏进什么陷阱或者踩到一条斑斓的毒蛇……

陷阱和毒蛇倒是没有遇到，路却越来越难走了。

一堵森然的峭壁挡住了去路。峭壁，像一个沉默的庞然大物镇守在前方。似乎是无路可走了！走到绝壁前，方才发现有路，那是峭壁中间一道窄窄的缝隙，仿佛是谁用一把巨斧劈出来的裂口。走到绝壁之间举头仰望，天空犹如一条蓝色的溪涧，在头顶上游动。走到峡口，天地豁然开朗，从峡中流出的溪涧，也欢快地袒露了自己活泼的形象，淙淙作响的水声，竟然化作一阵阵清脆的笑声。走出几步，才看清楚了，一条清澈明净的小溪边，三个少女正在一边说笑一边洗衣服，花花绿绿的衣服在透明的泉水里漂动……这不见人烟的深山里，哪里冒出三个乐呵呵的少女来？举目四顾，但见前方的树荫里，露出几片青灰色的屋脊——这里，居然也有人家！

见到我们，洗衣少女丝毫没有露出惊奇的表情。我们却无法掩饰自己的好奇，忍不住问道："在山里，你们干什么呢？"少女们脸红了，互相望了一眼，低着头哧哧地笑起来。其中一个年纪稍大一些的抬起头回答我们："靠山吃山嘛！我们种茶。"

种茶！茶树在哪里？

少女见我们诧异，又笑了："喏，往高处看，茶树在山上。"

作者从巍峨森然的峭壁走到了淙淙流水的溪涧，柳暗花明，从绝壁到溪涧，气氛一下子就缓和了，暗示下文寻"大红袍"之路也会遇到转机。

神态描写十分生动，为我们刻画了娇羞、活泼的少女形象。

高处，只有云雾在缭绕。

"'大红袍'在什么地方？"我们异口同声地问。

"还要往前走。'大红袍'在山里面。"年长的少女答道。

简短的一句话，写出了"大红袍"生长环境的特殊。

山里面，这实在是一个不甚明确的概念。于是我又问："离这里远不远？"

"说远也远，说近也近。找'大红袍'得有点儿耐心呢。"少女微笑着回答。这话，竟和天游峰下那位老人的话差不多。

为何老人和少女都是一样的回答？其实是暗示我们"大红袍"并不难找，但只有有耐心和能坚持的人才能最终寻到它。

我们继续赶路，凡是遇到岔路口，我们一概往右拐，老人的指点是无可怀疑的。山的深度仿佛无穷无尽，小路永远在那里盘旋蜿蜒……

"无穷无尽"和"盘旋蜿蜒"两个词写出了寻茶之路的艰辛，以及"我们"寻茶途中的失落和迷茫。

路，越来越窄。在一片野苇丛生的积水潭前，路终于中断了。我们高声喊着，竟然连回声也没有，只有懒洋洋的风，轻轻拂动着水潭里的野苇，发出一片沙沙之声，像是在嘲笑我们。

请你把"越来越""终于""竟然""只有""嘲笑"等词画下来，认真品味"我们"寻茶途中的艰辛和绝望心情，这些词与下文的柳暗花明形成鲜明的情绪对照。

别无他法，只能原路折回。我们小心地拨开挡路的茅草，寻找着自己的脚印，一步一步地往回走。"大红袍"，看来今天我们和你没有缘分了……

　　到了一个三岔路口，何去何从？我们犹豫着。无意之中，突然在茅草丛中发现一块木牌，木牌上歪歪扭扭写着一行字："看'大红袍'由此向前。"字下面是一个粗黑的箭头，赫然指着左边那一条小路。柳暗花明，"大红袍"在向我们招手了！

　　"大红袍！"同伴们大叫起来。路边的一块石碑上，刻的正是这三个字。然而附近并没有什么令人瞩目的景物，峭壁上有一个凸出的小石座，石座里蹿出几株平平常常的茶树，暗灰色的树干，斜生出许多弯弯曲曲的枝条，长圆形的叶片绿得很浓，近乎是墨绿了。这几株貌不出众的茶树，就是名扬四海的"茶中之王"吗？历尽曲折寻觅了大半天，找到的竟是这样几棵树，真有点儿令人失望。

　　离茶树不远的山坡上，有一座简陋的大木楼，木楼门口挂一块写着"茶"字的木牌，一个瘦瘦的老人站在门口朝我们微笑。我突然感觉口干舌燥。我们走到茶楼门口时，老人已经满满地斟好了几大碗茶

寻"大红袍"遇到了哪些困难？道路中断、杂草丛生……

一波三折，柳暗花明，从失落到惊喜就在一瞬间！

为什么"失望"呢？是因为我们寻茶的期待很高，总以为"茶中之王"的各方面都会与众不同，却发现只是貌不出众的茶树和普通的生长环境，不由得心生失望。但"大红袍"真的让我们"失望"了吗？

茶树的形状普通，茶的颜色普通，然而茶的滋味也普通吗？前文用了许多笔墨描绘"大红袍"外形的普通，与下文茶味的不普通形成了鲜明的对比。

作者是如何描述"大红袍"的滋味？请你找一找，画一画，读一读，学习作者把无形的茶味通过有形的文字表达的方法。

从"失望"到"欢乐"，作者的情感变化十分明显。欲扬先抑的手法，为叙述增加了几分曲折，也让我们感受到了"大红袍"真正的魅力并不在于树的外形，而是在于茶的内涵。

在屋里等着："喝一碗吧，尝尝这山里的清香。"他笑着招呼我们，态度诚恳而又亲切。茶，呈黄绿色，并不见得很清，然而有异香袅袅飘起……

我啜了一小口。茶味稍带苦涩，然而有一股浓浓的特殊的香味，咽下去之后，只觉得满口清芬，神志为之一爽。果然是好茶！我们在木楼门口坐下来，解开汗湿的衣衫，回头望着那条云缠雾绕的来路，一小口一小口地啜着碗里的茶。渐渐地，疲乏烟消云散了，只有那一股浓郁清醇的幽香，沁人肺腑，使整个身心都沉醉在一种清幽高雅的气氛中。走这么多路，我们不就是为了来寻这馨香的吗？"大红袍"的价值，不在于它的外貌，而在于它的内涵，人们向往它，推崇它，是因为它独具风格的芬芳。此刻，当寻求的目标浓缩成一碗香茶，静静地抚慰着疲倦的身心时，我们真正品尝到了追求者的欢乐。

看我们小心翼翼地啜着碗里的茶，老人在一边嘿嘿地笑了："敞开肚子喝吧，有的是茶呢！"他一边用一把瓷壶为我们斟茶，一边慢悠悠地说：“只要山泉不枯，只要茶树不死，不愁没茶喝。”

“这茶，为什么这样好喝？”我问。

“靠了这山的灵秀，靠了这石缝里渗出的泉水，也靠了人的侍弄。”老人的回答简洁而又明了。

“为啥要叫它‘大红袍’呢？”我又问。

“这树上的叶片，刚发芽时是红色的。早春时节，满树红彤彤的嫩叶，还真像大红袍呢。”他的回答，依然简洁明了。

“种这树，怕不容易吧？”

老人笑了笑，没有立即回答，只是有劲地搓着一双粗糙结实的手。过了一会儿，他才说：“一年到头住在山里，也弄惯了，没什么。种茶，总得花工夫。这‘大红袍’还算好。听说过‘半天妖’吗？”他指了指远方隐匿在云里雾里的山峰，“在绝顶上，种茶人上山，得像爬山虎一样顺着窄窄的石磴爬上去，登天一样哩！”说罢，他从屋角抄起一把鹤嘴锄走出门去。去没几步，又回头叮嘱我们：

请你把“简洁明了”这个词画下，这是作者第二次用于形容老人的回答了，给我们塑造了一个专业又干练的老人形象。

读完这一段，请你找一找文中对老人的描写，想一想这是一位怎样的老人？作者运用了外貌、语言、动作、神态等描写方法，为我们刻画了一位清瘦、亲切、慈爱、专业、干练、辛勤的种茶老人。寻茶之路艰难，种茶肯定更加艰难，不由得让人心生敬佩。

"你们，慢慢品茶吧。"

不知怎的，我们都脸红了。茶的清香依然不绝如缕，无声无息地熏陶着我们。很自然地，想起范仲淹的两句诗来：

> 不如仙山一啜好，
> 泠然便欲乘风飞。

名师赏析

　　作者用移步换景的手法来写寻茶之路，以寻茶的路径贯穿始终，穿插问路、品茶等环节，加入了对指路老人、山中少女、种茶老人的描写，使得文章一波三折，具有可读性和趣味性。

　　寻茶之路充满了艰辛与困难，还有数不清的障碍，坚持到最后才终于品味到了"茶中之王"的真正滋味，也从寻茶之路收获了许多哲理。

　　生活中，你经历过哪些寻找之旅？途中遇到了哪些困难？出现了什么特别的人？不妨动一动笔，学习本文的写作手法，把这段不平凡的旅程记录下来，注意细节刻画可以让文章更富真实性和说服力。你也可以在叙述中适当增加议论说理，但议论说理需紧密联系文章内容，切忌无病呻吟。

很多小读者第一次听说"火焰山"，可能是在《西游记》中，那是一个寸草不生的地方，是一座唐僧师徒正常行走无法逾越的山。而"葡萄沟"这名字让人联想起满山沟的葡萄，以及那绿意盎然的葡萄叶。一个代表着荒芜，毫无生机；一个代表着繁茂，生机勃勃，这两者在一起，又会产生怎样奇妙的化学反应呢？

火焰山和葡萄沟

山是红色的，是火的颜色。仿佛刚刚有一场大火烧过，山上的草草木木被烧得荡然无存，只剩下光秃秃的沙土和岩石。大火余温尚在，起伏的群山依然在喷吐着热气，远远望去，真像是一朵一朵晃动的火苗……

这就是吐鲁番盆地中的火焰山！吴承恩在《西游记》中描绘的火焰山，就是它。想到《西游记》，这山就更加让人觉得神秘莫测了。你看，那不算太高的峭壁上，密密麻麻地布满了黑黢黢的大大小小的洞窟。洞的形状千奇百怪，像无数神秘的眼睛，不怀好意地窥视着这个火烧火燎的世界。然而你不用担心，这些奇形怪状的洞中，绝不可能钻出牛魔王之类的鬼怪——它们是风的杰作。这里常常狂风大

"一朵一朵晃动的火苗"比喻恰当，动感十足，传神地写出火焰山热气蒸腾的感觉。

作，风真不愧为一位雕刻大师，竟在峭壁上镂出这些奇洞来。

这里，看不到一点儿生命的色彩。在大火的余烬中，怎么可能有生命存在呢？真的，你找吧，在这光秃秃的山上，不要说绿树青草，即便是指甲大一片暗绿色的地衣，你也无法找到。只有红褐色的沙土，只有烫人的石头，只有无法躲避、无法驱赶的火辣辣的太阳光。你想想，深蓝色的天幕下，沉默着一片火红的山峦和荒野，那景象是何等奇异。你会想起火星，想起月亮，想起那些没有生命的星球。唐僧当年西行取经路过这里，究竟是怎么过去的呢？当他经历了九死一生，穿越过茫茫无边的大沙漠和大戈壁，步履艰难地走进吐鲁番盆地，还没有来得及抖落满身风尘，还没有来得及驱除饥渴和疲乏，又突然迎面撞见这样一脉可怖的荒山，他将会何等沮丧，他又是怎么走过去的呢？当然没有神通广大的孙悟空为他开路，也没有法力无边的铁扇公主借他一把神奇的芭蕉扇，只要轻轻一扇，就把这里扇成了清凉世界……

　　远远眺望着火焰山，我这个风尘仆仆的江南客不禁深深地感慨起来。也许在江南待得太久了，看惯了绿的颜色——绿的山、绿的水、绿的田野……仿佛这世界就应该由水灵灵的绿色组成。想不到，在同一块土地上，竟也会有如此惊人的荒芜和贫瘠。大自然的面目，并非总是温情脉脉，总是充满了生机盎然的微笑，它也有严酷无情的一面——这火焰山便是明证。这里，恐怕很难有什么生命能够怡然生存。

　　火焰山并不是我的目的地，我要去葡萄沟。据说这是一条十多里长的绿色长廊，是中国最大的葡萄园。因为有了葡萄沟，干燥炎热的吐鲁番才改变了它的形象。然而我很难把火焰山和葡萄沟联想到一起，这条绿色长廊，一定是在远离火焰山的地方。小吉普车在毫无遮掩的柏油公路上飞驰。路面被太阳晒得软化了，乌黑的沥青反射出耀眼的光亮，并且冒着青烟。年轻的司机却不慌不忙握着方向盘，

据纪录片《玄奘西行》所记，唐僧当年向西天取经其实并未取得通关文书，他偷偷溜出去，坚定地走上了求经之路，其中经历的艰辛可想而知。古代的交通不发达，他就靠着一只钵、一匹马走过春夏秋冬，走过荒漠天涯。当他走到这样的荒山，靠一己之力实在难以跨越。然而，他终究靠坚强的毅力过去了。典故的引用，使这里的景色具有了人文的意味，更能打动读者的心灵。

一脸轻松的微笑。"到葡萄沟了。"他突然回过头，打断了我的遐想。

一片浓浓的绿色，奇迹般地在前方冒出来。我的眼睛一亮，心里却蓦然一惊：这葡萄沟，竟然紧挨着火焰山！

汽车很快就穿行于绿荫之中了。两行高大挺拔的钻天杨，整齐地排列在公路边，路的两侧，就是葡萄园了。沿路的葡萄架下，一些维吾尔族老人席地而坐，在那里悠闲地喝茶、吸烟、聊天。孩子们欢叫着在路边游戏，见到有车来，便笑着向路上挥手，我想，倘若车停下来，他们准会无拘无束地一拥而上的。茂密的葡萄园中，衣着鲜艳的维吾尔族少女正在摘葡萄，红的、蓝的、黄的、白的、雪青的，五彩斑斓的头巾和布拉吉在翠绿的葡萄藤叶中闪动，使人想起在微风中摇曳的花儿，想起在绿荫中翻跹的彩蝶。葡萄园边那些高高的土墩上，有不少用泥砖垒起的玲珑剔透、四面通风的屋子，这是用来晾葡萄干的晾房。有人在葡萄园中唱歌，那是一个清亮的男高音，歌声热烈而奔放。

我虽然听不懂歌词，但歌声所表达的情绪，我是完全能体会的，那是一种昂扬的欢乐，是一种无法抑制的自豪……

在寸草不生、热浪蒸腾的火焰山下，居然真有一个美好的清凉世界！当我置身在果实累累的葡萄架下，呼吸着湿润清凉的空气，品尝着甜蜜芬芳的葡萄，顿时感到浑身轻松，说不出的舒爽，仿佛一条被人抛到岸上的鱼儿又回到了水中。这里是一个绿的世界。茂密的葡萄藤叶组成了绿的墙、绿的顶。在葡萄架下流动的微风，从藤叶缝隙中钻进来的斑斑点点的阳光，仿佛都是绿的。更令人惊奇的还是葡萄，那么多的葡萄，我还是头一次看到，就像无数绿色的翡翠和紫色的玛瑙，密密麻麻地挤在藤叶之间，只要伸出手，便能沉甸甸地摘下一大串。这里的葡萄品种多，有马奶子、沙巴珍珠、新疆红、玫瑰香，以及许多我无法记下的名字。这十几里地的葡萄沟，也许是世界上最甜蜜的一条山沟了！

我们在葡萄架下席地而坐。一位名叫

作者充分调动视觉、触觉等感官，从不同角度，层次鲜明地表现葡萄沟的美丽与清亮、热烈与欢乐。

库尔班江的维吾尔族小伙子，端来一大盘葡萄，他把葡萄放在我们面前，笑着说："吃吧，这是无核白葡萄，最好的新品种。"这葡萄呈透明的淡绿色，颗儿不大，然而一串就有一斤多，放在盘子里，就像一大捧亮晶晶的绿珍珠，使人不忍心往嘴里送。我试着吃了几颗，果然极甜，没有一点儿酸味，而且无核，一咬就是一口凉滋滋的蜜。库尔班江见我们吃得香甜，脸上流露出几分得意的神色。他在我们身边坐下来，一边热情地劝我们吃，一边兴致勃勃地谈了起来："这葡萄，装进箱子，运到乌鲁木齐，运到北京、上海、香港，运到日本……全世界都喜欢吃我们吐鲁番的葡萄呢！"库尔班江告诉我，吐鲁番人种葡萄，已经有悠久的历史，早在一千多年前，这里就有了葡萄架，葡萄是吐鲁番人的命根子。别看夏季火焰山下酷暑难熬，太阳底下能晒熟鸡蛋；到冬天，这里冷得出奇，温度常常低到零下几十度。所以在入冬之前，人们必须把葡萄藤全部埋到泥土下，直到第二年天气转暖，才将土

新疆小伙子的自豪之情油然而生，让人自然而然受到感染。

"命根子"形象地写出葡萄对吐鲁番人的重要性。没有葡萄，也就没有吐鲁番人。

中的藤挖出，再搁到葡萄架上。人们的希望，将随着这满谷满沟的葡萄藤发芽、长叶、开花、结果。吐鲁番人的幸福、欢乐、爱情，几乎都和葡萄连在一起……

说着说着，库尔班江唱了起来，这是一首热情而又优美的歌。坐在一旁的司机轻轻地把歌词译了出来：

> 天上的星星落到了吐鲁番，
> 海里的珍珠飞到了吐鲁番，
> 葡萄熟了，
> 葡萄熟了，
> 你看风中飘着芬芳，
> 你听歌里流着蜜糖，
> ……

在库尔班江的歌声里，我突然又想起了唐僧，看来，刚才我是白白为他担忧了。在火焰山下，不会渴了他，也不会饿了他，这里的人们一定会热情地款待他。我甚至能够想象，在这里，他是如何脱下风尘仆仆的红色袈裟，如何在葡萄的绿荫下舒展疲乏的肢体，美美地嚼着香甜的葡萄，那蜜滋滋的汁水，滋润着他干裂的嘴唇……在葡萄的主人们的帮助下，他是不愁翻不过火焰山的！据说，在离葡萄沟不远的地方，还留着唐僧当年的拴马桩呢。

我走到葡萄园的尽头，挡住去路的，是一堵黄褐色的绝壁。哦，这就是火焰山了，沿着峭壁上去，便能看到世界上最荒凉的情景！然而山脚下却是铺天盖地的绿色，是水灵灵的生命的颜色。火焰山和葡萄沟，似乎是两个决然对立的形象，一个是荒芜，是严酷，是绝无生命气息的秃山；一个是富庶，是葱翠，是生机勃勃的花果之乡。是谁，把这两者不可思议地安排在一起的呢？是大自然的鬼斧神工，还是冥冥之中的万物主宰？当然不是！从库尔班江自豪的笑容里，从葡萄园中四处飘来的歌声里，从峭壁下那条淙淙奔流的清泉中，我找到了答案——是人，是吐鲁番人，在严酷的自然环境中创造了奇迹。是他们，从遥远的雪山上引来了清凉的生命之水，在寸草不生的荒山之下，开拓出一片美丽的绿洲，在烈日炎炎的旱暑之中，收获着最甜蜜的果实。我突然觉得，即使不用翻译，我也能听懂他们的歌了，歌声中那种昂扬的欢乐和难以抑制的自豪，在我心中产生了强烈的共鸣……

前面极言火焰山的荒凉，实际上是为了烘托环境的恶劣，突出人们不畏艰难险阻，战胜了严酷的大自然，高度赞扬人们超凡的智慧，表达了作者对人们的赞叹，对劳动的赞美。

　　是的，生命是不可战胜的。顽强的、善于创造的生命能够适应环境做出改变。这些，也许就是火焰山和葡萄沟带给我的启示。

这段赞扬了在困难的境遇中，人类的主观能动性。

🍄 名师赏析

　　对比手法在本文中得到了巧妙的应用。在对比中，我们感受到了火焰山与葡萄沟有着天壤之别；在对比中，我们读懂了作者对大自然鬼斧神工的赞叹，也读懂了他对人类劳动和智慧的最高赞美和崇高敬意。

　　我们在日常的写作中，也可以用对比的手法，使自己笔下的景物特征更鲜明，使表达更具冲击力，更有感染力。如：此山跟彼山，这湖与那湖，这棵树与那棵树，这属于同类事物的对比。火焰山和葡萄沟则属于地理位置靠近的两个属性完全相反的事物，这样的对比也别有意味，给人更深的震撼。

阅读导入

　　"春有百花秋有月，夏有凉风冬有雪"是历代文人墨客们的共同闲趣，冬天的雪正如秋天的月，总让人心驰神往。雪总是落在北方，北京这座古城落遍白雪是怎样的景象？下雪的过程固然让人向往，但雪后的世界也是同样的魅力无穷。你看过雪吗？你心中的雪是怎样的？跟着作者的视角，我们一起来欣赏这幅生动的古城看雪图。请你认真读，画一画作者描绘雪景的句子。

看雪

年初在北京，正好遇上一场大雪。

雪是无声地降落的。那天傍晚天色灰暗，也没有大风呼啸，以为只是个平平常常的阴天。第二天一早醒来，发现窗外亮得异常，原来外面的世界已经严严实实地被耀眼的白雪覆盖了。从近处屋顶上的积雪看，这一夜降雪约有三四寸厚。而此刻，雪已经停了。离我的窗户最近的一根电线上居然也积了雪，雪窄窄地、薄薄地垒上去，厚度居然超出电线本身的四五倍，所以看起来那根电线就像是一条长长的雪带。凭空徒添这许多负担的电线在风中紧张地颤抖着，显得不堪重负，真担心它马上就会绷断……

这是怎样的一夜大雪？那些飘飘洒洒的、轻盈的雪花在夜空中飞舞时，当是何

开头介绍时间、地点，引出下文的看雪。

作者没有落入俗套，直接写下雪的场景，而是从观察雪后场景的独特角度出发，通过描写积雪的厚度和电线的负担，运用正侧面结合的写法，使读者不难想象到下雪时的盛大场景。

等壮观！假如集合这地面上的所有积雪，大概能堆成一座巍峨的雪山了吧。

有什么能比大自然玄妙的造化和神奇的力量更使人惊叹呢！

雪的世界是奇妙的。在一片茫茫的白色之中，城市原有的层次都淡化了、消失了，一切都仿佛融化在晶莹的白色之中。下雪之前的世界究竟是何种颜色？现在竟然想不真切了，人真是健忘。

然而，这雪景似乎不宜久看，看久了，眼睛便会有一种被刺痛的感觉。也许，人的眼睛天生是喜欢丰富的颜色的吧。白色，曾经被很多人偏爱，因为它拥有很多美好的属性，譬如纯洁，譬如宁静，譬如清高，等等。但是大多数人喜欢白色，恐怕只是喜欢一束白色的小花、一朵白色的云、一方白色的丝巾、一件白色的连衣裙……要是白到铺天盖地，那就消受不起了，眼前这无边无际的雪景，便是极生动的一例。

茫茫的白色世界有一些鲜亮的色彩开始蠕动。几辆汽车像笨拙的甲虫爬上了马路，行人也三三两两走上了街头。车和人经过的地方，清晰地留下痕迹。车辆和脚印毫不留情地撕开了雪地神秘的面纱——积雪原来并不如想象的那么厚，车辙和脚印中显露出大地原有的色彩。晶莹寒冷的雪只是表象罢了。

这段运用了比喻和拟人的修辞手法，你能找到对应的句子和相关的词语吗？

一群孩子走到楼前的雪地上，又是滚雪球，又是打雪仗，尖尖的嗓音和雪团一起飞来飞去，弄得一片喧闹。最后他们的目标一致起来——堆雪人。极有耐心地用手捧，用脚刮，一个矮而胖的雪人居然歪歪斜斜地出现在孩子们面前。雪人周围的雪黯淡了、消失了，孩子们在欢言笑语中清除了他们这方小小天地里的积雪。他们又奔着喊着跑去开拓他们的新疆域了，雪人被孤零零地丢在那里。

作者是怎么描述孩子们的活动的？请你画出相关的词句，领会孩子们的活泼可爱，品味雪地上不可多得的生机和活泼。

两只麻雀突然从窗前掠过，它们在空中急急忙忙盘旋着，发出焦灼的呼唤，似乎在寻找一个落脚的地方。也许，是积雪使它们熟悉的天地改变了模样，它们迷路了。我以为两只麻雀不可能在我窗前停留，想不到它们找到了一个我未曾预料到

大雪不仅影响了人们的活动，也给小麻雀们带来了难题。作者观察入微，留下了可爱的猜测。

的落脚点——窗前的那根电线。一只麻雀先是从下而上掠过电线，翅膀只是轻轻地一拍，电线上积雪便扑扑地落下一段，另一只麻雀如法炮制，又拍下一段雪，然后再一先一后停落在电线上。它们轻松地抖着羽毛，不时又嘴对嘴轻声地低语着，像是互相倾吐着什么隐秘，再不把那曾使它们惊惶迷惑的雪世界放在眼里。那根曾经被积雪覆盖的电线在它们的脚下有节奏地颤动着，积雪在不断地往下掉，往下掉……大雪忙忙碌碌经营了一夜的伪装，只十几秒钟便被两只小麻雀瓦解了……

窗外寒风呼啸，积雪大概不会一下便消融，但雪后的世界已不是清一色的白了，我心里的春意也正在浓起来。只要有美丽的生命在，谁能阻挡春天呢！

作者的观察多么仔细，请你读一读，画一画有关小麻雀的动作描写。"掠""拍""抖"等词，为我们展现了活灵活现的麻雀停留图。写作时，连续使用多个动词，可以使句子的动作更流畅，使描写更加生动连贯，更加富有画面感。

"经营""伪装""瓦解"等词用得多妙，把大雪拟人化了，也写出了小麻雀的活泼机灵，为雪后世界增加了几分趣味性。

结尾与英国诗人雪莱的名句——"冬天来了，春天还会远吗"，有异曲同工之妙，表达了"我"对春天的向往和热爱。

🍄 名师赏析

　　写雪景时，许多人总习惯大肆渲染下雪的场景，而对雪后的景象简单带过。作者则把目光投向了雪后的景象，通过视角的变换，为我们呈现了多彩的雪后世界。

　　作者一开始营造了白茫茫的雪后天地，气氛是静谧、祥和的；后来笔锋一转，开始为我们描述充满生机的雪后世界：行驶的汽车、过路的行人、嬉笑的孩子、迷路的麻雀……从静到动，雪后的世界充满了生机与活力，体现了生命的魅力，也让人不由得跟着作者一起燃起浓浓的春意，期待美丽的生命为世界带来活力四射的春天。

　　同学们，不妨动动你们手中的笔，学习静景和动景结合的手法，为笔下的世界增添生机与活力吧！

阅读导入

　　祖国各地山川秀丽，风光各异，各地的瀑布也各有风情。在《晨昏诺日朗》中，作者分别写了诺日朗黄昏和清晨不一样的景致，它们到底有什么不同呢？作者为什么要先写诺日朗瀑布的单薄，再写它的磅礴？涌动的诺日朗瀑布又来自哪里？这些你知道吗？

晨昏诺日朗

落日的余晖淡淡地从薄云中流出来，洒在起伏的山脊上。在金红色的光芒中，山脊上那些松树的轮廓晶莹剔透，仿佛是宝石和珊瑚的雕塑。眼帘中的这种画面，幽远宁静，像一幅辉煌静止的油画。

汽车在无人的公路上疾驶，我的目标是诺日朗瀑布。路旁的树林里突然飘出流水的声音。开始声音不大，如同一种气韵悠长的叹息，从极遥远的地方飘过来。声音渐渐响起来，先是如急雨打在树叶上，嘈杂而清脆；继而如狂风卷过树林时发出的呼啸；很快，这响声便发展成震天撼地的轰鸣，给人的感觉是路边的丛林中正奔跑着千军万马，人马的嘶鸣和呐喊从林谷中冲天而起，在空气中扩散、弥漫，笼罩了暮色中的天空和山林……绿荫中白光一

"流""洒"两字用得绝妙，让人头脑中自然浮现起落日轻柔地洒向山脊的光辉画面。

作者按照由远及近的顺序写出流水的声音从小变大，对声音的比喻，层层递进，让人犹如身临其境，震撼不已。同时，又让人联想到白居易《琵琶行》中的诗句："大弦嘈嘈如急雨，小弦切切如私语。嘈嘈切切错杂弹，大珠小珠落玉盘。"

闪，又一闪。看见大瀑布了！从车上下来，站在路边，远处的诺日朗瀑布浩浩荡荡地袒露在我的眼底。大瀑布离公路不到一百米，瀑布从一片绿色的灌木丛中流出来，突然跌入深谷，形成一缕缕雪白的水帘，千姿百态地垂挂在宽阔的绝壁上，深谷中飞扬起一片飘忽的水雾。也许是想象中的诺日朗太雄伟，眼前这瀑布，宽则宽矣，然而那些飘然而下的水帘显得有些单薄，有些柔美，似乎缺乏了一些壮阔的气势。只有那水的轰鸣，和我的想象吻合。那震撼天地的声响，是水流在峭壁和岩石上撞击出的音乐，这音乐雄浑、粗犷，带着奔放不羁的野性，无拘无束地在山林里荡漾回旋。

"诺日朗"，在藏语中是雄性的意思。当地藏民把这瀑布称之为诺日朗，大概是以此来象征男子汉的雄健和激情。人世间有这样永远倾泻不尽的激情吗？很想沿着林中的小路走近诺日朗，然而暮色已重，四周的一切都昏暗起来。远处的瀑布有些模糊了，在轰鸣不绝的水声中，在水雾弥

作者把更多的笔墨花在黄昏诺日朗的"声"上，对它的"形"寥寥几笔带过，详略得当，写水帘的"单薄"，为下文突出清晨诺日朗的壮阔作铺垫。

大自然奏出的音乐犹如天籁，尤其能触动人的心弦。

漫的幽暗中，那一缕缕白森森飘动的水帘显得朦胧而神秘，使人感到不可亲近……晚上，我住在诺日朗宾馆，躺在床上无法入睡，窗外飘来各种各样的声音，有风吹树叶的沙沙声，有山涧流水的哗哗声，有秋虫优美的鸣唱……我想在这一片天籁中分辨出诺日朗瀑布的咆哮，却难以如愿。大瀑布那震天撼地的声音为什么传不过来？也许是风向不对吧。

第二天清早，天刚微亮，群山和林海还在晨雾的笼罩之中，我便匆匆起床，一个人徒步去诺日朗。路上出奇地静，只有轻纱似的雾气，若有若无地在飘。忽听背后嘚嘚有声，回头一看，是两匹马，一匹雪白，一匹乌黑，正悠然自得地向我走过来。这大概是当地藏民养的马，但却不见牧马人。两匹马行走的方向也是往诺日朗，我和它们并肩而行时，相距不过一米。两匹马并没有因为遇见生人而慌乱，目不斜视，依然沉静而平稳地踱步，姿态是那么优雅，仿佛是飘游在晨雾中的一片白云和一片黑云。到诺日朗瀑布时，两匹

以马的沉静、优雅衬托环境的宁静与舒适，作者善于运用环境描写烘托要具体描写的主体。

马没有停步，也没有侧目，仍旧走它们的路，我在轰鸣的水声中目送两匹马飘然远去，视野中的感觉奇妙如梦幻。

诺日朗又一次袒露在我的眼前。和夕照中的瀑布相比，晨雾中的诺日朗显得更加阔大，更加雄浑神奇。瀑布后面的群山此刻还隐隐约约藏在飘忽的云雾之中，千丝万缕的水帘仿佛是从云雾中喷涌倾泻出来，又像是从地底下腾空而起的无数条白龙，龙头已经钻进云雾，龙身和龙尾却留在空中，一刻不停地拍打着悬崖峭壁……

沿着湿漉漉的林间小道，我一步一步走近诺日朗。随着和大瀑布之间的距离不断缩短，那轰鸣的水声也越来越大，迎面飘来的水雾也越来越浓。等走到瀑布跟前时，头发、脸和衣服都湿了。这时抬头仰观大瀑布，才真正领略到了那惊天动地的气势。云雾迷蒙的天上，仿佛是裂开了一道巨大的豁口，天水从豁口中汹涌而下，浩浩荡荡，洋洋洒洒，一落千丈，在山谷中激起飞扬的水花和震耳欲聋的回声。此时诺日朗的形象和声音，吻合成一个气势

将夕照中与晨雾中的瀑布进行对比，突出晨雾中诺日朗阔大、雄浑神奇的特点。

磙礴的整体。站在这样的大瀑布面前，感觉自己只是漫天飘漾的水雾中的一颗微粒。我想起许多年前在雁荡山看瀑布时的情景，站在著名的大龙湫瀑布跟前，产生的联想是在看一条巨龙被钉在崖壁上挣扎。此刻，却是群龙飞舞，自由的水之精灵在宁静的山谷中合唱出一曲震撼天地的壮歌，使人的灵魂为之战栗。面对这雄浑博大、激情横溢的自然奇景，人是多么渺小，多么驯顺！

然而大瀑布跟前实在不是久留之地，因为空气中充满浓密的水雾，使人难以呼吸。我赶紧往后退，退入林间小道。走出一段再往后看，诺日朗竟然面目一新：奔泻的瀑布中，闪射出千万道金红色的光芒，这是从对面山上射过来的朝霞。飘忽的水雾又把这些光芒糅合在一起，缤纷迷眩地飞扬、升腾，营造一种神话般的气氛……这时，远处的山路上传来欢跃的人声，是早起的游人赶来看瀑布了。

上午坐车上山时，绕过诺日朗背后的山坡，只见三面青山环抱着一大片碧绿的

与雁荡山的大龙湫瀑布进行比较，更加衬托出诺日朗瀑布的博大与激情。

湖水，平静的湖水如同一块硕大无朋的翡翠，绿得透明而深邃，使人怀疑这究竟是不是水。当地的藏民把这样的高山湖泊称为"海子"。陪我来的朋友指着一湖碧水，不动声色地告诉我："这就是诺日朗。"

这就是诺日朗？实在难以把这一片止水和奔腾咆哮的大瀑布连在一起。朋友说的却是事实。三面环山的海子有一面是长长的缺口，这正是大瀑布跌落深谷的跳台，也就是我在谷底仰望诺日朗时看到的那道云雾天外的豁口。走近海子，我发现清澈见底的湖水正在缓缓流动，方向当然是那一道巨大的豁口。这汇集自千峰万壑的高山流水，虽然沉静于一时，却终究难改奔腾活泼的性格，诺日朗瀑布，正是压抑后的一次爆发和喷泻。只要这看似沉静的压抑还在，诺日朗的激情便永远不会消退。

作者既写了气势磅礴、奔流升腾的瀑布，又写了碧绿平静的湖水。两者一动一静，都属于诺日朗瀑布的一部分。任何事物都具有两面性，蕴藏在沉静背后的激情更令人叹为观止。作者在这里不仅教会我们赏景，更把人生的哲理巧妙地融合在其中。

晚上，我住在诺日朗宾馆，躺在床上无法入睡，窗外飘来各种各样的声音，有风吹树叶的沙沙声，有山涧流水的哗哗声，有秋虫优美的鸣唱……

🍄 名师赏析

　　作者按照时间的顺序，采用有详有略、动静结合的描写方式，展现诺日朗瀑布不同时间丰富多彩的面貌和风姿。作者善用对比的手法，突出诺日朗瀑布的显著特征。比喻、拟人的修辞手法更是俯拾皆是。全方位、多角度的充分描写，使诺日朗瀑布的多面形象逼真地呈现在读者面前，给人真实的体验，美的享受。

　　我们平常在写作中，也可以学习作者，采用不一样的手法，充分展现描写对象独有的特点。生活中，你见过哪些瀑布？它们在不同时期给你留下怎样的印象？可以仿照作者的写法来试着写一写。

蝈蝈是大型鸣虫，由于生长环境不同，体色也各不相同。体色翠绿者，称为"绿哥"；体色黄中带白者，称为"白哥"；体色紫红者，称为"铁哥"。本文描写的蝈蝈看颜色，应该是"绿哥"。蝈蝈有个别名叫"聒子"，取其谐音，有聒噪之意。就是这样一个以聒噪著称的昆虫，为什么不叫了，又为什么狂叫不止呢？昆虫当然不会说话，作者借助人物的语言和动作，解开了这个"秘密"。究竟是怎么回事呢？让我们一起走进文中看一看吧！

蝈蝈

窗台上挂起一只拳头大小的竹笼子。一只翠绿色的蝈蝈在笼子里不安地爬动着，两根又细又长的触须不时从竹笼的小圆孔里伸出来，可怜巴巴地摇晃几下，仿佛在呼唤、祈求着什么。

"怪了，它怎么不肯叫呢？买的时候还叫得起劲。真怪了……"一位白发老人凑近蝈蝈笼子看了半天，嘴里在自言自语。

老人的孙子和孙女，两个不满八岁的孩子，也趴在窗台上看新鲜。

"它不肯叫，准是怕生。"小女孩说。

"把它关在笼子里，它生气呢！"

小男孩说着，伸出小手去摘蝈蝈笼子。

"小囡家，别瞎说！"老人把笼子挂到小孙子摘不到的地方，然后又说，"别着

作者只描写了蝈蝈的颜色和细长的触须。翠绿色代表着自然、舒适，可是现在它却在笼子里不安地爬着。两根触须是蝈蝈最灵活可爱的地方，现在却只能"从竹笼的小圆孔里伸出来，可怜巴巴地摇晃几下"。高超的外貌描写，就是大胆地舍去无关的部分，只选择最能表现主题的内容。

自言自语是描写心理活动的好方法。省略号可以表达内心疑惑的持续。

蝈蝈不会说话，如何表达它的真实想法呢？作者用两个孩子呈现蝈蝈的心声，这是让动植物"开口说话"的一个妙招。

急，它一定会叫的！"

整整一天，蝈蝈无声无息，两个孩子也差点把它忘了。

第二天，老人从菜篮里拿出一只鲜红的尖头红辣椒，撕成细丝塞进小竹笼里。"吃了辣椒，它就会叫的。"他很自信。两个孩子又来了兴趣，趴在窗台上看蝈蝈怎样慢慢把一丝丝红辣椒吃进肚子里去。

"鲜红""尖头""撕成细丝"，这些对红辣椒的详细描写是为后文蝈蝈一直叫埋下伏笔。

整个白天，蝈蝈还是没有吱声，只是不再在小笼子里爬上爬下。夜深人静的时候，蝈蝈突然叫起来，那叫声又清脆又响亮，把屋里所有的人都叫醒了。

"听见了吗？它叫了，多好听！"老人很有点得意。

两个孩子睡眼蒙眬，可还是高兴得手舞足蹈，把床板蹬得咚咚直响。

蝈蝈一叫就再也没有停下来，从早到晚，不知疲倦地叫，叫……它不停地用那清脆洪亮的声音向这一家人宣告它的存在。很快，他们就习以为常了。蝈蝈的叫声仿佛成了这个家庭的一部分。

蝈蝈的叫声毕竟太响了一点。在一个

闷热得难以入睡的夜晚，屋子里终于发出了怨言。

"烦死了，真拿它没办法！"说话的是孩子的父亲。

"爸爸，蝈蝈为什么不停地叫呢？"

男孩问了一句，可大人们谁也不回答。于是两个孩子开始自问自答了。

"它大概也热得睡不着，所以叫。"

"不！它是在哭呢！关在笼子里多难受，它在哭呢！"

大人们静静地听着两个孩子的议论，只有白发老人，用只有自己能听见的声音叹息了一声……

早晨醒来时，听不见蝈蝈的叫声了。两个孩子趴在窗台上一看，小笼子还挂在那儿，可里面的蝈蝈不见了。小笼子上有一个整齐的口子，像是用剪刀剪的。

"它咬破了笼子，逃走了。"老人看着窗外，自言自语地说。

含蓄的结尾。用老人的自言自语解释蝈蝈的去向，耐人寻味，给人留下无穷的想象余地，使人浮想联翩，能把读者引向更深远的境地，有"余音绕梁，三日不绝"之奇效。

🍄 名师赏析

　　写昆虫有两种常见的方法，一是像昆虫学家那样，用说明文体详细介绍昆虫的品种分类、形态特征、觅食习性等。二是用文学的手法，让昆虫拥有自己的个性、脾气和命运。比如在童话故事《时代广场的蟋蟀》中的柴斯特，既有它作为蟋蟀的特点，也有它自己独特的爱好和性格。

　　作者笔下的蝈蝈和柴斯特有本质的不同。他并没有让蝈蝈开口说话，但这只蝈蝈同样有自己的脾气和心情。作者运用蝈蝈拟人化的动作，表达了它想逃出牢笼的渴望。两个孩子的对话和老人的自言自语也从侧面推动了整个故事的发展，为蝈蝈不叫和狂叫做足了铺垫。

　　如何让不会说话的昆虫说话表达自己呢？利用昆虫拟人化的动作、人物的对话都可以做到，你学会了吗？

阅读导入

三毛曾说过："如果有来生，要做一棵树，站成永恒，没有悲欢的姿势。一半在尘土里安详，一半在风里飞扬。"树代表着坚守。三毛心里的树，不仅有坚守，还有属于自己的随风飞扬。

作者笔下的飞来树虽然并不是真的能飞，但它的出现确实是一场飞来的美丽意外。在别人家里长得好好的花木，到了作者家里，只能眼看着绿色的树叶一天天枯萎、干枯，可是最后在作者家的窗外却蓬蓬勃勃长着一棵泡桐树。究竟是什么样的故事，让一棵原本扎根土地的树"飞"起来？究竟是怎样高超的写作手法，让一件不可思议的事情能够自圆其说？让我们共同走进故事去寻找答案吧！

飞来树

俗话说：人挪活,树挪死。一棵飞来的树,不是太奇怪了吗？新奇的题目可以牢牢钩住读者。

我这个人，极喜欢绿色植物，但花草似乎总和我无缘。曾经在家里种养过很多花木，如橡皮树、喜临芋、铁树、芝兰、橘树之类，但是每次总是水灵灵地搬进来，萎蔫蔫地搬出去。在别人家里长得好好的树木，到了我家，好景总不长。眼看着绿色的树叶一天天萎黄、干枯，我却没有办法使它们起死回生，这是何等痛苦的事情。

"水灵灵""萎蔫蔫"作为一组反义词,生动有趣地呈现了花木的悲伤结局,同时 ABB 式的词语又让这种悲伤有了一番喜剧味道。

还好，在我家的窗外还能看到真正的绿树。朝南的卧室外面有一棵大槐树，夏天，槐树的浓荫遮住了炎阳。朝北的厨房外面，也能看到一棵树，那是一棵高大的泡桐树，有五六层楼高，春天能看到满树淡紫色的花，有风的日子，能听到一树阔大的绿叶在风中发出沙沙的喧哗。

窗外的大槐树和泡桐树是常态的树木,跟飞来树形成了鲜明的对比。
"高大""有风"看似闲笔,其实这恰恰是飞来树存在的原因,也是作者埋下的伏笔。

今年仲春的一天，正在厨房洗碗的妻子抬头望着窗外，突然惊喜地喊起来："快来看，一棵树！"

我走到窗边，果然看到了几片翠嫩阔大的圆叶，从墙外探头探脑地伸出来，几乎要撩拂到厨房的窗玻璃。这些叶瓣绿得透明晶莹，在阳光的照耀下，能清晰地看到叶面上细密曲折的叶脉和经络。奇怪，我家住在三楼，窗外哪有树木的存身之地，这树，从何而来？我打开窗，伸出头去探望，这才发现了秘密：厨房窗下贴墙的一条水槽里长出了一棵小树。小树从根部分叉，长出两根枝杈，都已有一指粗，长一米有余，树上大约有几十片手掌大的树叶。风吹来，小树微微摆动，绿叶迎风飘舞，显得风姿绰约。看那阔大的树叶，和隔壁那棵泡桐树一模一样。毫无疑问，这一定也是一棵泡桐了。这棵新发现的小树，使我们全家兴奋不已。它竟然会在我们的眼皮底下长出来。

是谁栽下了这棵树？可能是风，是风把不远处的那棵泡桐树的种子吹到了窗外

前后呼应。手掌大的树叶与前文的"听到一树阔大的绿叶在风中发出沙沙的喧哗"形成了呼应。

的水槽里。也可能是鸟，窗外的水槽里常常有小鸟停歇，是它们衔来了树的种子。儿子认定是飞鸟所为，他说："小鸟吃了水槽里的饭粒，想报答我们，就衔来了树种。它们看我们家光秃秃的太没趣，给我们送点儿绿色来。这是飞来树。"飞来树，很有意思的名字。

窗外的飞来树成了我们全家的朋友。我们在它身上没有花费任何心思，它却一天一天蓬蓬勃勃地成长着。随着树身的长高，树叶渐渐越过了窗台，不用探头，就能看到它绿色的身影。我们坐在厨房里吃饭时，飘摇的树叶犹如绿色手掌，在窗外优雅地向我们挥动。这位不请自来的绿色朋友，给我们平静的生活带来了意外的乐趣。

《飞来树》的选材非常新颖，有着冥冥之中自有天意的味道，跟一般写植物的文章有很大的不同，其中有四个写作特色可供我们学习：

　　1．选材新奇。

　　文章有"鲜味"才会牢牢吸引住读者的目光。写树的文章有很多，作者选择在厨房窗下贴墙的一条水槽里长出的泡桐树，这样新颖别致的选材确实令人耳目一新。

　　2．风趣幽默。

　　水灵灵、萎蔫蔫，作者用ABB式词语让种花失败变得风趣幽默。ABB式的词语除了朗朗上口、富有节奏的韵律外，有时还会有一种天然萌的效果。例如写猫咪很胖，改成猫咪胖乎乎的，那种对猫咪的喜爱之情马上就溢出纸面了。

　　3．前后呼应。

　　不断出现的风和厨房外面高大的泡桐树，不仅前后呼应，还让飞来树有了逻辑上的合理性。在写作时关注情节上的呼应，会让整篇文章的结构更结实，逻辑更清晰。

　　4．先声夺人。

　　"快来看，一棵树！"妻子的惊呼引出了飞来树的出场。未见其人，先闻其声。这非常像王熙凤的出场，一阵阵笑声和语言，彰显出主角的特殊位置。当重要的人或者物品出场时，可以用这种先声夺人的方式。

　　本文是作者重回插队落户的故乡的一篇随笔。作者曾经被安插到农村生产队落户，参加农业劳动。但他只字不提那段时光受过的苦，而是通过对芦苇的回忆来表达对那一段青春岁月的感情。

　　"蒹葭苍苍，在水一方。"早在《诗经》中就已经出现过芦苇这个意象。芦苇经常寄托了悲秋伤怀、离愁思乡、客旅惆怅的思想情感；而在人格象征方面，芦苇则主要体现隐士超脱世俗的淡泊心境，贫士的坚守节操。

　　作者在本文中，是如何利用芦苇实现借物喻人的呢？我们在阅读的时候，要特别关注作者对芦苇的描写。

会思想的芦苇

最近回到我曾经插队落户的故乡，一下船，就看到了在江堤上迎风摇曳的芦苇。久违了，朋友！

芦苇，曾经被人认为是荒凉的象征。然而在我的心目中，这些随处可见的植物，却代表着美丽自由的生命，它们伴随我度过了艰辛的岁月。

从前，芦苇是崇明岛上一种重要的经济作物。芦苇的一身都有经济价值。埋在地下的嫩芦根可解渴充饥，也可入药。芦叶可以包粽子，芦叶和糯米合成的气味，就是粽子的清香。芦花能扎成芦花扫帚，这样的扫帚，城里人至今还在用。用途最广的，是芦苇秆，农民用灵巧的手，将它们编织成苇帘、苇席、芦筐、箩筐、簸箕。盖房子的时候，芦苇可以编苇墙、织屋顶。很多乡民曾经以编织芦苇为生，生生不息的芦苇使故乡人多了一条活路。我在崇明岛插队时，曾经和农民一起研究利用地下的沼气来做饭。打沼气灶，也用得上芦苇。我们先在地上挖洞，再将芦苇集束成捆，一段一段接起来，扎成长十数米的芦把，慢慢地插入洞中。深藏地下的沼气，会沿着芦把的空隙升上地面，积蓄于土灶中。只要划一根火柴，就能在灶口燃起一簇蓝色的火苗，为贫困的生活增添些许温馨。在我的记忆中，这是一件无比奇妙的事情。

在艰苦的插队生涯中，芦苇给我的抚慰，旁人难以想象。我是一个迷恋自然的人，而芦苇，正是大自然馈赠给人类的美妙礼物。在被人类精心耕作的田野中，几乎很少有野生的植物连片成块，只有芦苇例外。没有人播种栽培，它们自生自长，繁衍生息，哪里有泥土，有流水，它们就在哪里传播绿色，描绘生命的坚韧和多姿多彩。春天和夏天，它们像一群绿衣人，伫立在河畔江边，我喜欢看它们在风中摇动的姿态，喜欢听它们应和江涛的窸窣絮语。和农民一起挑着担子从它们中间走过时，青青的芦叶掸我衣，拂我脸，那是自然对人的亲近。最难忘的是它们开花的景象。酷暑过去，金秋来临，风一天凉似一天，这时，江边的芦苇纷纷开花了，那是一大片皎洁的银色。在风中，芦苇摇动着它们银色的脑袋，在江堤两边发出深沉的喧哗，远远看去，犹如起伏的浪涛，也像浮动的积雪。使我难忘的是夕照中的景象，在绚烂的晚霞里，银色的芦花变成了金红色的一片，仿佛随风蔓延的火苗，在大地和江海的交界地带熊熊燃烧。冬天，没有被收割的芦苇身枯叶焦，在风雪中显得颓败，使大地平添几分萧瑟之气。然而我知道，芦苇还活着，它们不会死，在冰封的土下，有冻不僵的芦根，有割不断的芦笋。只要春风一吹，它们就以粉红的嫩芽，以翠绿的新叶为人类报告春天的消息。冬天的尾巴还在大地上扫动，芦笋却倔强地顶破被严霜覆盖的土地，在凛冽寒风中骄傲地伸展开它们那

拟人的写法。作者从微风吹动芦叶，拂过脸颊，感受到自然对人的亲近。我们经常说人亲近自然，而作者在随风摇曳的芦苇身上，看到的是自然对人类的深情。

恰当使用颜色词。"银色"不仅仅是白，还有金属的光泽感。金红色是更为炫丽的红色，是晚霞照映下如火般热情的颜色。

柔嫩的肢体，宣告冬天的失败，也宣告生命又一次战胜自然强加于它们的严酷。我曾经在日记中写诗，诗中以芦苇自比。帕斯卡尔说："人是一棵会思想的芦苇。"这比喻使我感到亲切。以芦苇比人，喻示人的渺小和脆弱。其实，可以作另义理解，人性中的忍耐和坚毅，恰恰如芦苇。在我的诗中，芦苇是有思想的，它们面对荒滩，面对流水，面对南来北往的候鸟，舒展开思想之翼，飞翔在自由的天空中。我当年在乡下所有的悲欢和憧憬，都通过芦苇倾吐了出来。

我曾经担心，随着崇明岛的发展和进步，岛上的芦苇会渐渐消失。然而我的担心大概是多余的，只要泥土和流水还在，只要滩涂上的芦根还在，谁也无法使这些绿色的生命绝迹。我的故乡，也将因为有芦苇的存在而显得生机勃发，永葆它的天生丽质。这次去崇明，我专门到堤岸上去看了芦苇。芦苇还和当年一样，在秋风中摇晃着银色的花朵。那天黄昏，我凝视着落霞渐渐映红那一大

引用诗句，揭示主题。借帕斯卡尔的名言来表达人性中的忍耐和坚毅。

帕斯卡尔说:"人是一棵会思想的芦苇。"这比喻使我感到亲切。以芦苇比人,喻示人的渺小和脆弱。其实,可以作另义理解,人性中的忍耐和坚毅,恰恰如芦苇。

片芦花，它们在天地之间波浪起伏，像涌动的火光，重新点燃了我青春的梦想……

首尾呼应，引人遐想。对芦苇的思念包含着对青春岁月的难以忘怀。曾经所有的难，现在回头看，都开始慢慢变甜。

🍄 名师赏析

　　作者题目的灵感来自于帕斯卡尔的一句话："人是一棵会思想的芦苇。"从题目我们就会发现，作者采用的是借物喻人的手法。表面上写芦苇，其实写的是人。

　　作者描写芦苇的精神，其实是为了赞颂人的精神。在插队落户那段特殊的时期，作者经历了一段无法忘怀的艰辛岁月。作者写芦苇的根可以解渴充饥；写芦花能扎成芦花扫帚；写农民用灵巧的手将芦苇秆编织成苇帘、苇席、芦筐、箩筐、簸箕；写用芦苇编苇墙、织屋顶、打沼气灶。作者写芦苇的浑身是宝，芦苇的生生不息，芦把上那一簇蓝色的火苗，真正想表达的是当地人顽强的生命力和对苦难生活的不屈。

　　我们在写借物喻人或借物抒情的文章时，也要学习作者的这种写法。不拘泥于物体在一般人眼中的印象，而是挑选物体最能表达人物个性的特点来写。

　　本文的结尾也非常有特色，那作者是如何把芦花的动态描写得如此亦真亦幻的呢？"凝视"是重要的触发词，读者仿佛透过作者的眼睛看见落霞渐渐映红那一大片芦花，在天地之间波浪起伏……

我们常见写鸟类的文章，大多只介绍一种鸟。作者却一次写了两种鸟，一种是爱自由、无法人工哺育的绣眼，一种是习惯笼养、温顺的芙蓉。

作者是如何来描写这两种完全不一样的鸟呢？作者通过对它们毛色的详细描写，以及它们被驯化的历史介绍，把两种鸟展现在了我们的面前。

两种鸟同时写，该如何写得又有个性，又有主次，又相互呼应呢？让我们一起走进文本去看一看，两种性格完全相反的鸟，它们的命运又会是怎样的呢？

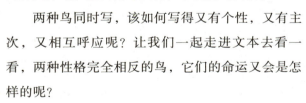

绣眼和芙蓉

我曾经养过两只鸟,一只绣眼,一只芙蓉。

绣眼体型很小,通体翠绿的羽毛,嫩黄的胸脯,红色的小嘴,黑色的眼睛被一圈白色包围着,像戴着一副秀气的眼镜,绣眼之名便由此而得。它的动作极其灵敏,虽在小小的笼子里,上下飞跃时却快如闪电。它鸣叫的声音并不大,但却奇特,就像从树林中远远传来群鸟的齐鸣,回旋起伏,变化多端,妙不可言。绣眼是中国江南的鸣鸟,据说无法人工哺育,一般都是从野地捕来笼养。它们无奈地进入人类的鸟笼,成了真正的囚徒。它动听的鸣叫,也许是对自由的呼唤吧。

那只芙蓉是橘黄色的,毛色很鲜艳,头顶隆起一簇红色的绒毛,黑眼睛,黄嘴，黄爪，模样很清秀。据说它的故乡是德国，但它们已经习惯养在中国人的竹笼中。芙蓉的鸣叫婉转多变，如银铃在风中颤动，也如美声女高音，清泠百啭。晴朗的早晨，它的鸣唱就像<u>一丝丝一缕缕阳光在空气中飘动。芙蓉比绣眼温顺得多，有时笼子放在家里，忘记了关笼门，它会跳出来，在屋里溜达一圈，最后竟又回到笼子里。自由，对于它来说似乎已经没有多少吸引力。</u>

对比的描写手法。本段对芙蓉的描写方法与绣眼相似。都是先写外貌，然后写叫声，再写身世来历，最后写个性。

　　两只鸟笼，并排挂在阳台上。绣眼和芙蓉相互能看见，却无法站在一起。它们用不同的鸣叫打着招呼，两种声音，韵律不同，调门也不一样，很难融合成一体，只能各唱各的曲调。它们似乎达成了默契，一只鸣唱时，另一只便静静地站在那里倾听。<u>据说世上的鸣鸟都有极强的模仿能力，这两只鸟天天听着和自己的歌声不一样的鸣唱，结果会怎么样呢？</u>开始几个月，没有什么异样，绣眼和芙蓉每天都唱着自己的歌，有时它们也合唱，只是无法协调成二重奏。半年之后，绣眼开始褪

设问，激起读者的阅读兴趣，为了知道结果而愿意继续读下去。

毛，它的鸣唱也戛然而止。那些日子，阳台上只剩下芙蓉的独唱时而飘旋起伏。有一天，我突然发现，芙蓉的叫声似乎有了变化，它一改从前那种清亮高亢的音调，声音变得轻幽飘忽起来，那旋律，分明有点像绣眼的鸣啼。莫非，是芙蓉模仿绣眼的歌声来引导它重新开口？然而褪毛的绣眼不为所动，依然保持着沉默。然而芙蓉锲而不舍地独自鸣唱着，而且叫得越来越像绣眼的声音。绣眼不仅停止了鸣叫，也停止了那闪电般的上下飞跃，只是瞪大了眼睛默默聆听芙蓉的歌唱，仿佛在回忆，在思考。它是在回想自己的歌声，还是在回忆那遥远的自由日子？

想不到，先获得自由的竟是芙蓉。一天，妻子在为芙蓉加食后忘记了关笼门，发现时已在一个多小时以后，那笼子已经空了。妻子下楼找遍了楼下的花坛，不见芙蓉的踪影。在鸟笼里长大的它，连飞翔的能力都没有，它大概是无法在野外生存的。

没有了芙蓉，绣眼显得更孤单了，它

依然在笼中一声不吭。面对着挂在对面的那只空笼子，它常常一动不动地伫立在横杆上，似乎是在思念消失了踪影的老朋友。

一天下午，我从外面回来，妻子兴冲冲地对我说："快，你快到阳台上去看看！"还没有走近阳台，已经听见外面传来很热闹的鸟叫声。那是绣眼的鸣唱，但比它原先的叫声要响亮得多，也丰富得多。我感到惊奇，绣眼重新开口，竟会有如此大的变化。走近阳台一看，我几乎不相信自己的眼睛：鸟笼内外，有两只绣眼。鸟笼里的绣眼在飞舞鸣叫，鸟笼外也有一只绣眼，围着鸟笼飞舞，不时停落在鸟笼上。那只自由的野绣眼，翠绿色的羽毛要鲜亮得多，相比之下，笼里的绣眼显得黯淡，不过此刻它一改前些日子的颓丧，变得异常活泼。两只绣眼，面对面上下飞蹿，鸣叫声激动而急切，仿佛在哀伤地互相倾诉，又像在快乐地互相询问。妻子告诉我，那只野绣眼上午就飞来了，在鸟笼外已盘桓了大半日，一直不肯飞走。而笼里的绣眼，在那野绣眼飞来不久就开

作者通过对毛色的对比，让读者发现笼里鸟和自由鸟的不同，这种写作手法值得借鉴。

始重新鸣叫。笼里笼外的两只绣眼，边唱边舞，亲密无间地分食着食缸里的小米，兴奋了大半天。

那两只绣眼此刻的情状，使我生动地体会到"欢呼雀跃"是怎样一种景象。妻子建议把笼门打开，她说那野绣眼说不定会自动进笼，这样我们可以把它养在芙蓉待过的空笼子里。有一对绣眼，可以热闹一些了。可我不忍心打断两只绣眼如此美妙的交流，我不知道，在我伸出手去开鸟笼门时，会出现怎样的局面。是野绣眼进笼，还是笼里的绣眼飞走？我想了一下，无论出现哪种结局，都值得一试。于是我小心翼翼地伸出手去，但还没有碰到鸟笼，就惊飞了笼外那只野绣眼。我打开笼门，再退回到屋里。笼里那只绣眼对着打开的笼门凝视了片刻，一蹦两跳，就飞出了鸟笼。它在阳台的铁栏杆上站了几秒钟，然后拍拍翅膀，飞向楼下的花坛，转眼就消失得无影无踪。

从远处的绿荫中，隐隐约约传来欢快的鸟鸣。

🍄 名师赏析

  作者通过对比两种鸟毛色、叫声、个性，让两种鸟的形象丰满起来。温顺的芙蓉，哪怕不能在野外生存，也选择了离开。这都是因为作者把两只鸟笼并排挂在阳台上，本来以为两只鸟会互相影响叫声，事实上两只鸟的叫声确实发生了转变。可是转变更大的是两只鸟的性格。鸟类不会说话，作者该如何展现两种性格迥异的鸟以及它们的性格变化呢？一方面作者详细地描写了两种鸟叫声的改变，另一方面作者又从"仿佛""好像"这样的字眼中表达出自己的猜测，也就是说，作者加入了自己的想法。用猜测推测的语气，来替鸟表达想法。

  我们在写鸟类或者其他动物的心理时，也可以用这样的方法，首先客观地写动物的动作和它的叫声，然后加上自己的猜测，就可以让不会说话的动物开口说话了。

阅读导入

古玉是古代美石的泛称，因其质地细腻、色泽温润、莹和光洁、冬不冰手、夏无激感，深受人们喜爱。有人说，古玉都是有灵性的，得者必是有缘人。

作者在文中也写到：人和玉，也有一种缘分，相遇了，喜欢了，拥有了，也就是因缘而结合。人和玉的因缘结合，也是一个奇妙的过程。

如此爱玉的作者，写玉并不奇怪，奇怪的是他专门写电脑前的古玉。这风马牛不相及的两个事物，是怎么牵扯在一起的呢？这其中高超的写作手法，一定会让我们受益匪浅。赶快去读读文章吧！

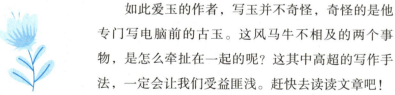

电脑前的古玉

电脑和玉，风马牛不相及。但在我的书房里，它们却互相陪伴，日夜不离。只要我坐在书桌前写作，它们就同时展现在我的视线中，交替着被我触摸，引发我的灵感，拨动我的情弦。

我喜欢玉。玉中折射着中国人的历史和文化，也凝集着中国人的智慧和情感。玉的生成，经历亿万年，在自然的怀抱中形成它们纯美莹洁的品质，而经人类的开采，经艺人的雕琢，成为美妙的艺术品，这个过程，萌蕴着哲理，也饱含着无穷的奇思妙想。中国人的审美情趣和人生憧憬，在这一过程中得到了体现。

我并不是玉石收藏家，只是对玉有兴趣，到各地访问采风时，有机会就去当地的玉石古董市场闲逛，看到顺眼的玉，也

题目里出现两个完全不相关的事物，这样的跨时空的组合能牢牢地吸引住读者的目光，你也可以尝试。

"电脑前的古玉"是个偏正短语，主角是古玉。这样的短语有利于引导读者关注写作的重点。

作者开门见山，告诉读者这两个事物确实很难扯上关系。

接着作者笔锋一转，说它们在自己的书房里，互相陪伴，日夜不离，交替着被触摸，引发灵感。这一笔十分高明，首先是地点，它们都在作者的书房里，因此它们就有了同时出现的可能。其次是作者的身份，因为作家需要用电脑写作，经常要触碰键盘，而有些古玉又是用来把玩的。一个"交替触摸"就巧妙地把电脑和古玉联结起来了。

会买几块。我觉得，人和玉，也有一种缘分，相遇了，喜欢了，拥有了，也就是因缘而结合。人和玉的因缘结合，也是一个奇妙的过程。

我把从各地淘得的玉放在客厅的玻璃柜中，放在书架上，零零散散，得闲时看一眼，摸一摸，然而忙的时候，便忘记了它们，有时十天半月不会看一眼。等想到时，才发现自己是怠慢了它们。终于想出一法，选几块玉，放在电脑屏幕前。每天在书房里坐下来，第一眼便看见它们。打开电脑的同时，顺便抚摸一下它们，心为之沉静，情绪也随之安宁。

此刻，坐在电脑前，我便面对着我的三块玉。且容我逐一介绍它们：

圆形白玉璧。前年在兰州黄河边的一家古董小铺中觅得。在一大堆杂色玉器中，它的莹洁纯白和古朴优雅使我眼睛一亮，玉璧上雕刻的生动图像和流畅线条也如鹤立鸡群。铺主是一位须发皆白的老者，夸我有眼力，他说此玉不是千年前古人所刻，但也是清人仿古，玉质无暇，接近羊脂，是难得的好玉。和他商量还价后，我几乎是倾尽囊中所有才购得此玉。这块玉璧中间有圆孔，双面雕刻，一面是青龙和白虎，另一面是朱雀和玄武，是传说中吉祥辟邪的四大神兽。虽是浅浅的浮雕，却刻出了活泼的神韵，玉璧上生龙活虎，神鸟腾云，让人久看不厌。这样的玉璧，使我联想我们这个文明古国的悠远历史和灿烂文化，作为这种文化的接受和传承者，我心中油然生出自豪来。

黄玉鱼饰。此玉得之于丝绸之路。多年前游历丝绸之路，在古城张掖大佛寺一侧一家古董铺购得。看中这块玉，是因为它奇特的造型。不识此为何鱼，夸张的大头，凸出的大眼，龇牙的大嘴，那表情，是一种惊愕的微笑。鱼鳍和鱼尾如云纹缠绕，鱼身遍布凸刻的圆形鳞纹，柔和而含蓄，和夸张的鱼头形成鲜明对照。凝视抚摸这条玉鱼时，我常常想，它如此惊愕，是为什么？是在海底遭遇奇境？是出海时惊叹陆上的景象？是见到形形色色的爱玉和玩玉者，心生惊喜，便莞尔一笑……所

文中对三块美玉的介绍也是非常讲究技巧的。每一段的前面直接写出所要介绍玉的名字，干净利落，又便于读者了解本段内容。后面是关于这块玉的来历和玉的样子。最后是这块玉和作者之间的情感联结。

用"使我联想""常常想""我无法断定"这样的连结语句，来引出这块玉带给作者的感受。圆形白玉璧是自豪，黄玉鱼饰是快乐，青玉童子是平和。

当你介绍一个物品时，也可以展开联想，把这个物品和自己的感情联结起来。

有这一切，都是我的胡思乱想，这条小鱼，静静地站在电脑前，在荧屏的亮光里瞪着它的大眼凝视我，使我也忍不住对它一笑，敲打键盘的手指仿佛在随它追波逐浪……

　　青玉童子。此玉购于新疆喀什，在下榻宾馆的玉器铺中。喜欢这块玉，一是因为造型，二是因为玉质。那童子，垂首而立，面含微笑，身上的衣褶自然流畅，他手上像是举着一朵莲花，也像是牵着一缕祥云。这块玉的质地也不一般，滋润如糯米，在电脑的荧光中，反射出温和文雅的光泽。这小玉人，是典型明代风格的玉雕，我无法断定它是否出自明人之手，但毫无疑问是古人所雕。其实，对我来说，是明代、清代还是民国，或者是现代人所雕，关系并不大，我喜欢这玉童，是因为他的活泼和安详，是因为他给我带来平和愉悦的心情。

　　这三块玉，现在似乎已成为我的电脑的一部分，赏玩抚摸它们，也成了我写作过程中很自然的动作。有人取笑我，说这是怪癖，我回答道：这是现代和古代的结合，是科技和艺术的结合，既安抚情绪，又启发心智，何乐而不为？

　　古玉和电脑，就这样结合在一起，成为我生活和写作的伴侣。

🍄 名师赏析

　　《电脑前的古玉》是一篇风格独特的文章。特别是对玉器的描写，让我们感受到了作者对古玉的喜爱之情。古玉和电脑都是作者的心头爱，作者该如何表达对古玉和电脑的情感呢？其中有三大写作手法特别值得我们学习：

　　1．混搭题目出新意

　　对于平常人来说，电脑和古玉确实风马牛不相及。但对于作者来说，电脑是作者写作的工具，古玉能给作者带来灵感和抚慰，它们都是作者写作的必备之物。作家通过把古玉和自己最亲密的战友"电脑"联结在一起，就解决了这个难题。

　　2．选材详略且得当

　　相对于电脑，古玉的可写性明显更高。作者大篇幅写玉，在选材上详略得当，在情感上不仅表达了对古玉的喜欢，更能让我们感受到他在电脑旁的时间特别长。文中写到：这三块玉，现在似乎已成为我电脑的一部分，赏玩抚摸它们，也成了我写作过程中很自然的动作。表面上写那三块古玉带给自己自豪、快乐、平和、愉悦，实际上作者真正想表达的是对于写作发自心底的热爱。

　　3．物品联想有感情

　　如何把一个冷冰冰的物品写活？作者在介绍三块古玉的时候，做了很好的示范。除了介绍古玉的名称、来历、样子，还根据古玉的自身特点展开了联想，一下子让普通的物件拥有了非凡的情趣。

阅读导入

　　荷花被称作活化石，是被子植物中起源最早的植物之一。在与人类相伴的悠长岁月中，出现了很多描写荷花的诗文。荷花的名字也很多，莲花、芙蓉等等，给人的印象极其婷婷，极其高洁，让人想起"出水芙蓉""芙蓉仙子"等绝代佳人。一般人写荷花，大多从观赏、食用、意象几方面。作者文题为"访问荷花"，让人不禁心怀幻想，对待这样的"绝色"，作者怀着怎样目的去探访？这次访问，又会有哪些精彩的写作手法呢？

访问荷花

上海松江西南的新浜镇，是江南的荷花之乡，有千亩荷塘。对喜欢荷花的上海人来说，这真是一个喜讯。

我喜欢荷花。荷是一种神奇的植物，天地间生灵的精致和美妙，在它们身上得到最生动的体现。我童年时，是在古代诗词和中国画中开始认识荷花，最早背诵的关于荷花的诗，是杨万里的《晓出净慈寺送林子方》："毕竟西湖六月中，风光不与四时同。接天莲叶无穷碧，映日荷花别样红。"这也许是中国人最熟知的关于荷花的诗。在儿时的幻想中，荷花接天映日，浩荡如海，很有气势。那时，经常吃莲心和藕粉，吃用荷叶包扎的肉，虽没有机会观荷，却对荷有了亲切感。后来读到晋人的乐府："青荷盖绿水，芙蓉披红鲜。下

开门见山，交代地点。写出荷花之多，让整个故事合情合理。"喜欢""喜讯"奠定了整篇文章的感情基调。

引用关于荷花的古诗，从荷花的浩荡如海到莲心、藕的样子，再到荷的精神，不仅使文章典雅起来，更让人感受到中国人对荷的喜爱是自古有之。

有并根藕，上有并头莲。"这些诗句通俗如民谣，把荷的形态和特征描绘得形象生动。再后来熟读周敦颐的《爱莲说》，记住了那些歌颂莲荷的名句："出淤泥而不染，濯清涟而不妖，中通外直，不蔓不枝，香远益清，亭亭静植，可远观而不可亵玩焉。"被人格化的荷花，是清雅高洁的形象。这样清高的花，蓬蓬勃勃一大片，该是何等让人神往的景象。

然而真的现实生活见到荷花，却只是小池塘中的一小片，甚至是水缸中的寥寥几枝。在我的记忆中，关于荷花的直观印象，都不是在上海，而是在杭州，在无锡，在吴江，在江南的很多地方。在上海，难得看到荷花。

听说松江新浜有千亩荷塘，开始我不相信。一千多亩荷塘，意味着什么？那就是古诗中"接天莲叶无穷碧"的景象了。上海真有如此规模的荷花之乡吗？去新浜之前，我先从网上搜索了新浜的信息，面对着满屏幕的荷花照片，我惭愧自己的孤陋寡闻。新浜大规模种荷花，不是新近的

欲扬先抑。说不相信上海还能有千亩荷塘，结果上网一查，实在是自己孤陋寡闻。

习俗，而是由来已久，有一千五百多年的历史。此地是江南水乡，河浜密布，处处湖塘，因地形似荷叶，又满目莲荷，古时被人称为"荷叶地"。元朝时，这里因种植荷花远近闻名，被人称为"芙蓉镇"。而这个古时的"荷叶地"和"芙蓉镇"，现在成了国际大都市上海的荷花之乡。上海年年在这里办"荷花节"，曾经稀罕的荷花，和上海人生活有了亲密的关联。

访问新浜，也就是访问荷花。车开进新浜地界，迎接我的，便是满眼的荷花。还没有踏进花园，路边的荷花就给了我莫大的惊喜。公路边上，就是一望无际的荷塘。硕大的荷叶犹如绿伞、绿扇、绿斗笠，在树荫下摇曳，荷叶上滚动的露水，晶莹如珍珠。那清新的翠绿，从路边一直延伸到天边。这样的景象，不仅仅让人想起杨万里的"接天莲叶无穷碧"，也想起周邦彦的词："叶上初阳干宿雨，水面清圆，一一风荷举。"荷塘里荷花正盛开，鲜艳的红荷，淡雅的白荷，竞相绽放在绿叶丛中。那些盛开着的或者正在绽放的荷

"摇曳""滚动"等动词的使用让荷叶有了生机。比喻句的使用也非常有新意，把荷叶比喻成绿伞、绿扇、绿斗笠，那大小荷叶错落的样子仿佛就在读者眼前。

花，千姿百态，没有一朵长得一样，有的花朵繁复，有的叶瓣寥寥，却都是风姿绰约。那些大大小小的莲蓬，藏匿在荷叶间，就像是无数精致的青绿瓷雕，被荷叶托举着，随风摆动。而那些未开的花苞，犹如俊俏的少女，亭亭玉立地站在花荷之间，一颗颗粉色的脑袋，从荷叶下面探出来，略含羞色地睨视着周围铺天盖地的绿色……

新浜的荷花，不是关在花园里，锁在篱笆内，养在水缸中，而是自由烂漫地生长在田头路边，是人人可触摸的风景。这里有大片的荷塘坦陈在田野里，也有小片的荷池，坐落在农宅的院落边。我羡慕这些临荷而居的农家，日常生活中有莲荷相伴，日子再清苦，也是有品味的。

新浜有荷花种苗基地，那里有大片的荷塘，有种荷养荷的园艺专家。在荷花种苗基地参观时，那里的工作人员告诉我，在这个荷花基地中，荷花品种多达六百余种，睡莲的品种也有六十多种。天下的莲荷，都汇集在这里了。造物主真神奇，荷塘中的荷花，姿态和色彩，千花千面，无一雷同，荷叶、荷花、莲蓬，各有道不尽的美妙，没有一片相同的荷叶，没有一朵相同的荷花。而那些孕育着莲子的莲蓬，更是将生命的魅力和秘密都蕴藏在身体中，让人感叹大自然的神奇。

莲荷，也许大多数人都看重它们的花，这里的荷花品种多不胜数，红鹤、红鹃、白玉、白云、黄鹂、黄莺、紫烟、紫瑞、红玲珑、红千叶、白天鹅、白海莲、玉绣球、一捧雪、醉梨花、霜晨月、露半唇、童羞面、黄舞妃、黄仙子、红颜滴翠、红晕蝶影、仙鹤卧雪、烛影摇红、烟笼夜月、昭君顾影……光听听这些名字，就让人心驰神飞。我无法将这些花名在荷塘中一一兑现辨识，在我看来，这里的荷花，无论大小，无论红白黄紫，不管是珍稀名卉还是寻常品种，都是一样的清纯曼妙。

对名字的铺陈，本会使文章冗长而乏味。但作者选的荷花名字里有艳丽的颜色，有鸟兽星月，有轻舞的美人……这有声、有色、有香气、有画面的名字，竟成了独特的风景。

荷花一身是宝。水下的块茎是藕，是营养丰富的美食。荷花结果生籽，莲子是中国特有的珍贵补品，也是药物。荷叶可制作茶叶，也可包裹米和肉做成佳肴。荷花种苗基地的园艺师告诉我，荷花分为三类，有藕荷、籽荷、花荷，种藕荷为产藕，栽籽荷为采莲子，植养花荷是为观赏。在我看来，荷花都是美的，不管是观赏还是食用的荷花，它们的形态都是大自然的美妙创造，没有一片荷叶不灵动，没有一朵花不娇美，没有一个莲蓬不清新，没有一颗莲子不包孕着生命的美丽和神奇的秘密。

按时间顺序描写荷花的一年四季。作者再次从诗句中寻找，不拘泥于荷花夏天的华彩。

荷花是夏天的植物，但它一年四季都留给人美好的念想。春天看它们的稚嫩清秀；夏天沉醉于它们的花繁叶茂，体会荷花的"出淤泥而不染"；秋天花谢叶枯，诗人也可以面对着荷花的残枝败叶，吟出"秋阴不散霜飞晚，留得枯荷听雨声"这样奇美的诗句；冬天的荷塘，自然是一片萧瑟，但是泥土下蕴藏着生机，只要春风吹来，青翠的荷叶就会钻出水面，"小荷才露尖尖角，早有蜻蜓立上头。"荷花池里的四季风貌，是大自然的绝妙佳作。

荷花长在新浜的田野里，花开花落，

陪伴着新浜人的生活。新浜人是有艳福的，种荷花，养荷花，赏荷花，在荷花的生长过程中可以欣赏生命的美，也可以品悟自然的哲理。所谓"步步生莲"，在新浜成为现实。古人说"莲花藏世界"，莲花里藏着一个什么样的世界？在新浜的荷花种苗基地，我曾经惊异于一朵初绽的荷花，我发现，花苞中，花瓣密密匝匝，多得无法胜数。我问园艺师，这是什么荷花？园艺师回答：千瓣莲。我又问：这朵花有多少花瓣？园艺师又答：两千多瓣。

小小的一朵荷花，竟包孕着两千片花瓣，这难道不是生命的奇迹？

古语揭示主题。中国人特别善于"格物致知"，花苞里密密匝匝的花瓣就像藏着一个完整的世界。这样极致的丰富，恰恰和作者想表达的内涵吻合。

用反问句结尾，表达惊叹与赞美。

🍄 名师赏析

　　作者采用一波三折的写法，把探访荷花的过程写得妙趣横生。想写荷花不直接写，从不相信上海有"接天莲叶无穷碧"，到去网上查出新滨作为荷花之乡竟有一千五百多年的历史。真是吊足了读者的胃口。当我们写植物时，也可以学习这种写法，绕几个弯，设几个苦难再写。

　　如何让我们的文章更典雅？引用古诗词绝对是个好办法。例如文章中的第二段，写荷花的铺天盖地，用的是杨万里的"接天莲叶无穷碧，映日荷花别样红"。写荷花全身都是宝，用的是晋人的乐府："青荷盖绿水，芙蓉披红鲜。下有并根藕，上有并头莲。"写荷花的人格化品格，用的是周敦颐的《爱莲说》里的名句："出淤泥而不染，濯清涟而不妖，中通外直，不蔓不枝，香远益清，亭亭静植，可远观而不可亵玩焉。"

　　当我们自己写植物的时候，也可以查找一下相关的古诗词，然后仔细辨别，找到最恰到好处的那一句，避免堆砌滥用，才会彰显文质兼美。

拓展

过夔门

　　浩浩荡荡的长江仿佛一下子激动起来，江水突然变得浑黄而又湍急。风也大了。风声呼呼地长啸着，和哗哗的涛声和在一起，形成一种雄浑壮阔而又令人激动不安的气氛……

　　"夔门！夔门！"

　　甲板上有人惊喜地大叫。旅客们纷纷奔出舱房，轮船的上上下下都是脚步声。我和一群来自西欧的旅游者一起，登上了空无一人的船顶。扑面而来的，是两座雄奇巍峨的大山，是两堵峻峭森严的厚壁，是两个顶天立地、虎视眈眈地对峙着的巨兽。这两者之间，有一条窄窄的缝隙，青灰色的天光在缝隙中闪烁，像一柄寒气逼人的剑……

　　这就是瞿塘峡的大门，也是长江三峡的大门——夔门，亦称瞿塘关。"夔门天下雄"，果然名不虚传，还未抵达门下，我已经感受到它的雄壮和险峻了。远远地眺望着这天下无双的大门，眺望着峡壁之中闪烁不定的天光，实在有点令人担心：这么大的轮船，能从这两座大山中挤过去吗？

风越来越大，涛声越来越急，两座大山也越来越高，而我们的轮船却显得越来越小。就在人们的惊叹中，顺流而下的轮船以很快的速度驶近了夔门。

真是惊心动魄的景象——江北那座暗红色的大山，仿佛突然崩坍了，气势汹汹、面目狰狞地从天上倒下来，压过来，充塞天宇的雷鸣般的风声涛声，似在拼命为它助威……渺小而又脆弱的江轮，实在是不经它轻轻一碰的！两位站在船首的法国妇女以手掩面，惊恐地尖叫起来……

等那两位惊恐万状的法国女郎镇静下来，抬头观望时，轮船已进入夔门了。这时候，从她们口中吐出的再不是恐惧的尖叫，而是由衷的赞叹了。她们打开照相机，忙不迭地四下里拍起来。

真的，刹那间又是一片新天地。轮船顶着强劲的大风，进入了一个森严壁垒的幽深的峡谷。两堵上悬下削、危岩欲坠的巨大峭壁，在从江两岸拔立参天，像两道神奇的大屏风，使世界一下子变得十分幽暗。尽管环境依然异常险峻，风声涛声也是震耳欲聋，然而我已经有了一种安全感，再不像进峡口之前那样可怕了。环顾左右，我突然发现，隔江对峙的这两堵高高的峭壁，竟然面貌迥异：江北的峭壁山石赭红，犹如扑面而来的冲天大火；江南的峭壁却是一片惨白，仿佛一道摩天雪墙。两堵峭壁都是寸草不生，只有无数粗犷的线条，像是被无数巨斧劈削过。这一红一白的两位巨人，两相对峙着，默默无语地低头凝视在它们之间滚滚远去的长江……俯视江面，我不禁为之一惊，窄窄的水面上，到处是湍急的漩涡，到处是奔腾的激浪，浑黄的江水犹如千万匹发狂的野兽，在轮船四周挤撞着、蹦跳着、咆哮着……哦，"众水会涪万，瞿塘争一门。"浩浩荡荡的长江水，此刻都汇集在这狭窄的峡谷之中了！

流水声轰隆轰隆地在峭壁之间回荡，这是一种令人振奋的英雄豪迈的音响，它使我产生许多遐想。我想，当年，这红白两座大山，应当是一体的，它们曾经以巍峨雄壮的阵容，傲然挡住滔滔长江的去路。汹涌的江水，是一位不屈不挠的好汉，它并没有在大山前退缩，而是以坚忍的毅力，用它的波锤浪剑叩击山门。几百年、几千年、几万年，它锲而不舍地叩击着，终于劈开了大山，找到了一条流向大海的通道……哦，长江是剑，劈开了夔门，长江是胜利者，在被它征服的大山之间骄傲地歌唱……此刻，在轮船的驾驶舱里，那位沉着地指挥着江轮的船长，那位稳操轮舵的驾驶员，也许正在轻松地微笑吧。这些饱经风浪的水手们，他们早已驯服了桀骜不驯的急流险滩。打开夔门的钥匙，掌握在他们手中！

雄奇而又凶险的夔门，被前进的江轮甩在了身后。前方，天地豁然开朗，千姿百态的长江三峡，像一幅奇丽缤纷的长卷，在我的眼前徐徐展开……

山林曲

晨的印象

黛色的、紫色的、沉重而浓厚的云，笼罩着万籁俱寂的世界……

一大片浓浓的泼墨，洒在广袤的大地上，森林还在酣梦中，林涛轻轻地飘着。山脊在幽暗迷蒙的远方起伏，像一队默默跋涉的骆驼，耸着高高的驼峰，沉着、执拗地从黑夜里走出来，走出来……

哦，它们会驮来些什么呢？

一声幽幽的鸟鸣，仿佛从遥远神秘的地方飘过来，一声又一声，清晰起来，嘹亮起来，世界竟被它唤醒了！

数不清的色彩，数不清的声音，从逐渐透明的天空中溢出来，流出来，从逐渐明朗的山林里漾开来，化开来……

浓云变成一块鲜艳耀眼的帷幕，缓缓地拉开、拉开……

幕后的主角出场了——太阳，热烈、奔放、势不可挡，天空、群峦、河流、森林都飘忽在一片氤氲的金色之中。

于是，大自然在她的热情中融化了，世界在她的感召下升华了。山林，在她的光芒中打了个哈欠，吐净了郁积在心里的迷雾，容光焕发地苏醒过来了……

绿

大山的绿是透明的、轻盈的，她在新竹梢上跳跃，在新芽尖尖上闪烁，在欢乐的溪涧中流动……

春风轻拂时，她从山坡上流下来，从峡谷里飘出来，在百灵鸟的啾啁中蔓延、伸展……

大山的绿是深沉的、浑厚的。她凝在苍松枝

山林，在她的光芒中打了个哈欠，吐净了郁积在心里的迷雾，容光焕发地苏醒过来了……

头，聚在劲柏叶间，浸透在莽莽苍苍的千峰万壑之中……

这绿中溢出深深的蓝，泛出浓浓的黑。谁能测量她的深度和浓度呢？

大山的绿是顽强的，她从岩缝里钻出脑袋，从石脊上垂下手臂，从绝壁中探出身子……

哦，那些不知名的小草、葛藤、苍苔，就像是一簇簇、一团团、一串串绿色的火……

山泉

从石缝里渗出来，从岩洞里流出来，从峭壁上滴下来，从悬崖上飞下来……

时而纤细，纤细得像一根弯曲柔弱的丝带；时而粗犷，粗犷得像一条喷云吐雾的长龙；时而沉静，沉静得像一片透明、澄澈的水晶；时而奔放，奔放得像一匹驰骋的野马……

然而她总是流着，淌着，在绵延起伏的群山里唱着歌……

这是大山的乳汁啊！有了她，才会有茂密的森林、缤纷的山花，甚至那些不显眼的小草。

这是大山的血液啊！她从大山的心里流出来，用那活泼的形象告诉世界：在这冷峻沉寂的石头山中，蕴藏着生命，蕴藏着永不枯竭的热情！

这也是大山的眼泪啊！她执着地流着、淌着，冲下山冈，奔向远方……她在倾诉着一片相思的痴情——她思念海，渴望着投身于江海波澜壮阔的怀抱！

大山和炊烟

一座青沉沉的大山，孤独地伫立在远方。山上有古老翁郁的森林，有陡峭森严的悬崖……

它阴沉、威严、险峻，用一种神秘的表情注视着我，仿佛在问：你想攀登我？你敢？……

哦，那是什么，从大山的背后飘出来，轻轻的，柔柔的，像一根乳白色的丝绸飘带……

嗬，炊烟，是炊烟！

多么奇怪，这远方的一缕轻烟，竟如同一股甜润的清泉，汩汩地流过我焦虑的心田，又如同一阵凉爽的微风，拂去了我胸中的迷惘……

大山的形象霎时改变了。它变得温顺，变得和蔼，变得可亲可近了——

就像一个绿衣绿裙的少女，她正在远方向我微笑，那一缕袅袅上升的炊烟，是她向我挥动着手帕……

就像一个敦厚慈祥的老妈妈，她正在远方向我招手，那一缕随风飘飞的炊烟，是她被山风撩起的一绺银丝……

走吧，上山去——大山在召唤！

走吧，进山去——大山里有人！

雁荡抒情

一

"瞧，他接我们来了！"

"谁?"

"那个山里的和尚。"

我顺着友人手指的方向望去，果然看见了——他缓缓地从云烟迷雾的群山里走出来，光光的头颅微微昂起，双手作揖，长袖仿佛正在随风飘动……

这就是"接客僧"，雁荡山大门口的一座奇异的小山。谁也无法知道，他已经在那里伫立了多少年。我想，当第一个人走进雁荡山的时候，他一定也是这样伫立着，默默无言地举手相迎……

　　假如他真是血肉之躯所化，为什么要化成这样的姿态呢？据说，僧人得道坐化，应当是盘腿而坐，举手合十，而他，竟化成了这样的接客状。不过他的神态还是虔诚的，他默默无声地迎接着每一个远方来客，不管你来自何方，不管你是男女老幼，不管你是达官贵人还是布衣百姓，他一视同仁，一律对待。只要你来雁荡山，就一定能看见他以同样的姿态走出来接待你，绝不会特别优待了谁或者怠慢了谁。

　　我想，如果能看清他的表情的话，我也许能看见一张微笑的脸，那是一种永恒的神秘的微笑。他似乎想告诉你一些什么，然而你却无法向他发问。

　　是的，他只是在群山里晃了几晃，就再也看不见了。我竭力在山峦中寻找他，想再看看他，却无能为力。一座又一座更加奇妙、更加灵秀的山峰迎面向我扑来，使我在惊叹和陶醉之中，不得不放弃了寻找他的愿望。和这些新出现的山峰相比，他太平淡了。

　　这是一个聪明而知趣的和尚。他把人们迎进了大山，完成了自己的使命，便悄然退去，让你自己到山中去寻找，去发现。也许，在出山的时候，我会想起他，并且会领悟他那神秘的微笑的内涵……

二

据说，在那些有月亮的夜晚，这里会变成一个真正的神话世界。在皎洁柔和的月光静静抚弄下，所有的山峰都会活起来，都会变成一些人世间罕见的生灵……

然而没有月亮，只有细细密密的微雨，在夜风中无声无息地飘。看不见山的轮廓，看不见摇动的树影，看不见浮动着云彩的夜天，一切都变得模模糊糊，一切都显得若有若无……

哦，灵峰，难道你就这样让我带着一团模糊不清的印象回去吗？你不怕破坏了你的美名？

在群峰环绕的山间小径上，我久久地伫立着，不愿意空手而归。既然传说中的那些奇峰异石像往常一样也在我身畔伫立着，我为什么不能看见它们呢？

它们终于出现了，在墨一般的天幕上，纷纷显露出各自的形象，湿漉漉的，带着梦幻的色彩……

你是"犀牛望月"？今夜无月可望，你昂着头，在想一些什么呢？你倔强地昂起头，倔强地仰望着夜空，永远也不会改变这个姿势。也许你心里明白：不管雨雾阴晴，不管你头顶上的天空有多少变化，月亮，总有一天会升起来的。你并不像嫦娥那样企望飞入月宫，也不像夸父那样立志追上太阳，你没有这种无法实现的奢望。你只是想站在这里，远远地仰望着月亮，让那清凌凌的银辉驱散你延续了千年万载的寂寞。好，你等着吧，你不会白等的，尽管此刻雨雾正笼罩着一切……

你们是"双笋峰"？你们应该很愉快——在绵绵细雨中，你们将拔节、抽叶，你们将尽情地享受生命的欢乐，你们将长成两株参天巨竹。凉丝丝的雨浇灭了我的幻想，你们并没有发生任何变化，依然一动不动地兀立着，僵指着夜天。哦，你们不应该有笋的形状的，尤其是在这细雨霏霏的春夜……

你呢，你是谁？没有人告诉我你的名字，然而我辨认出来了，你是一个皱纹满面的老妇，你凄然低垂着头，默默地流着眼泪，泪水在你脸上的每一条皱纹里流淌。假如今夜月光如水，你也许不会如此悲伤吧。在这绵绵不绝的细雨中，你想起了什么伤心的事情呢？

你，你吓了我一跳！你在我的头顶上，伸展开一对巨大的翅膀，仿佛马上就要俯冲下来。用不着介绍的，你是一只举世无双的大鹰……

终于看到了你们——"夫妻峰"！在这里，你们是最引人注目的，许多人老远地赶来，就是为了看一看你们。白天，我曾经远远地看过你们，有人把你们称为"合掌峰"。果然很像，两只巨掌，若即若离地合在一起，做合十之状。"到了夜里，它们会变成一对夫妻的。"友人笑着告诉我。我不敢相信，一对手掌会突然变成一对夫妻，这真是不可思议了。现在我真的看见了你们，在飘忽朦胧的雨雾中，在幽深黯淡的天幕上，起初只能看见两个紧贴在一起的巨大的黑影，然而我实在看不出你们像什么。"不要急，你再仔细看看。"友人依然微笑着，依然充满自信。看着看着，我猛地惊呆了：你们真的变成了一对巨人，顶天立地站在雨夜之中。这是两个侧影，高一点的是男的，肩负行囊，低头看着；那稍矮一些的是女的，正仰起头，用手臂紧搂住男的颈脖，慢慢地把脸凑上去……由于变得突然，由于变得惟妙惟肖，我着实是惊呆了——你们实在太高太大，即便是童话中巨人国里的人，也不会比你们更高大的！然而很快，你们就变得亲切起来。在群山的众目睽睽之下，你们毫无顾忌地紧紧拥抱着，忘记了周围的一切。我知道，你们是久别重逢的一对，你们曾有过遥远而又渺茫的相思和期待，你们曾深深地体会过生离死别的滋味。此刻，在这个温暖湿润的春夜，你们意外地重逢了，蕴积在心中的感情，怎能不喷涌迸发呢！所有的痛苦和欢乐，所有的忧虑和烦恼，都化成了炽热的柔情。在飘飘悠悠的雨丝中，我仿佛听见了你们梦一般的絮语：

"再也不分开了？"

"再也不分开了。"

"永远？"

"永远。"

"……"

是的，你们将永远拥抱着伫立在这里，让人们去惊奇，去赞叹，去用想象为你们编织许多神奇而又美丽的故事……

雨，丝毫没有停的意思，灵峰是一个湿漉漉的世界，千奇百怪的山峰在漫天飘洒的微雨中融化成一个整体，一个神秘而又魅力无穷的整体。不仅要你用眼睛去看，还要你用幻想、用情感、用心灵去感受。

月亮是不会出来了，然而我并不觉得遗憾。

三

一阵一阵幽幽的声响，从云雾迷蒙的山坳里飘出来，时断时续，时轻时重，像是有人在轻轻地叹息，在拨弄着一架音弦不全的古筝……

我在深山里寻找这声响，我迎着这声响向山坳里走去。一条清澈见底的溪涧在我脚边蜿蜒，它是从发出声响的山坳里流下来的。溪涧底下铺满了彩色的卵石，有几条形状奇特的小鱼，顶着湍急的溪水逆流而上，它们游得很吃力，却不肯调转头去。我和它们同路，但路太远，我有些厌倦，谁知道前景如何呢？

声音逐渐响起来，仿佛有一场急雨，正从远处慢慢向我逼近——沙啦啦，沙啦啦……

登上山坳口，我的眼睛顿时一亮：迎面一堵又高又宽的峭壁，一条雪白的瀑布从峭壁顶上垂挂下来，在灰暗的峭壁前优美地扭动着……

"大龙湫！大龙湫！"人们在惊喜地呼叫。

这就是声名显赫的大龙湫了。然而我并没有感觉到它雄壮，也没有产生什么龙的联想。如果是龙，它应当腾空而起，自由自在地翱翔在云天，遨游在大海。即便算它是龙，它也只能是一条可怜的小龙，龙头被钉在了峭壁顶上，永远失去了自由，只能无力地扭动着，拍打着森然的峭壁。

水声却变得震耳欲聋，像一阵阵沉闷的雷霆，轰隆轰隆地在山坳里回荡。我一步一步走向大龙湫，一步一步走向那个绿森森的水潭，瀑布倾泻在水潭中，溅起一片白色的烟雾。站在水潭边仰望大龙湫时，感觉顿时发生了巨变——可怜的小龙不见了，从高高的峭壁上飞下来的，是一条真正的巨龙！在它的不绝如雷的呼啸中，山在摇，地在颤，整个世界都变得飘忽不定。

当我贴着峭壁，艰难地爬到瀑布后的一个凹处时，巨龙消失了，只有无数晶莹的水珠在我的眼前飞舞、蹦跳，只有云一般雾一般的水烟，飘飘漾漾，遮挡了周围的世界。一道又一道七彩虹桥，在水烟中时隐时现，而那哗哗的水声，淹没了世界上所有的声音。这是龙尾啊！它在那里轻轻地摆动，竟然形成了如此威壮的气势。我放开嗓门对着它大喊，却无法听见自己的声音。不一会儿，我便浑身湿透了，我深深地感受到了自己的渺小……

我突然在水潭边上发现了一条小鱼，就是来路上曾经见过的那种形状奇特的鱼，它们逆流而上，居然也找到了大龙湫！可是小鱼已经不像在溪涧中那样活泼了，呆呆地躺在潭边的卵石上。是巨龙的呼啸把它吓蒙了吗？是长途跋涉使它精疲力竭了吗？我用手去捉它，它也不逃，我把它放进随身带着的一个塑料袋里。

大龙湫的呼啸渐渐地在我身后幽下去，那雷鸣般的声音又变成了轻轻的叹息，变成了飘忽的古筝。我在山道上走着，那条奔腾的溪涧陪伴着我下山。手中的塑料袋微微晃动着，举起来一看，那条小鱼在水中拼命地挣扎着，也许这窄小的空间憋得它无法忍受了。我想，我应该把它放回溪涧中，恢复它的自由。小鱼随奔流的溪水向下漂着，似乎再也无力与湍急的水流抗争。漂了一程，它终于停住了，靠着一块凸起的卵石，突然转过头来，迎着急流，奋力向上游去……哦，它还是念念不忘大龙湫，这执着坚韧的小生命啊！

我久久凝视这条逆流而上的小鱼，大龙湫的形象又清晰地在眼前出现了：那雪白的巨龙，那声震山谷的呼啸，那晶莹的水珠，时隐时现的彩虹……为追求一个美好的目标，不惜以生命相搏，这小鱼了不起。此后，只要想起大龙湫，我就会想起这急流中顽强的小生命，我不会忘记的！

四

听说这里曾经是大雁的世界，南来北往的雁群，能够遮蔽天空，覆盖山野。然而现在看不到这些候鸟的影子，哪怕是一只失群的孤雁……

你们在哪里呢，大雁？我多么想看见那排列成"一"字和"人"字的队形，从遥远的天外飞来，我多么想听见你们的声音突然在寂静的山林中响起……

山顶上有一个雁湖，这是你们歇脚的地方。也许，找到雁湖，便能找到你们的队伍。

我去找雁湖，不仅为了看看那高山顶上的奇迹，更为了寻找你们的归宿。雁荡山，雁荡山，没有大雁，还算什么雁荡山呢！

山竟是那么高，路竟是那么远，草丛、树林、石滩、溪涧，在我的脚下往后退却。尽管在流汗，尽管在喘气，我还是没有忘记沿途寻觅。我寻觅你们的踪迹，哪怕是几根轻柔的羽毛，哪怕是一窝小小的蛋。可是没有，什么也没有发现。我纳闷儿：

难道你们活动的天地竟是如此窄小，除了雁湖，哪里也不能去了吗？雁湖，总不会辽阔得像海！

终于登上了山顶，终于见到了雁湖。哦，哪里有什么湖啊！只有一片凹陷的龟裂的土地，只有萋萋荒草，在风中凄然地摇摆……

面对着这片干涸的雁湖，我明白你们失踪的原因了。你们失去了这个高山的驿站，再没有青青的芦苇可以筑窝，再没有依依的湖波可以流连，你们不得不改变自己的旅程，飞向陌生的地方……

命运对于你们太残酷了。我的心中，仿佛响起了你们悲哀的呼唤，我仿佛看见最后一只大雁，流着泪在山头久久盘旋……你们走了，你们什么也没有留下，你们远走高飞，再也不回还。

雁湖会不会重新荡起清波，我不知道。反正，没有在雁荡山看到你们的身影，我深深地感到惆怅……

从雁湖下山时，四合的暮霭已经封锁了群山。七彩缤纷的天幕上，山峰的剪影又变得神奇莫测。我环顾四周山影，突然有一个新奇的发现：每一座山峰，竟都像一只展翅欲飞的大雁！风在山谷里迂回，像是你们在深沉地对我说话：我们，不会因失去一个雁湖就停止飞翔，停止那继续了千秋万代的追求！

我看见你们了，大雁。如果有一天，我发现我的征途上也突然失去了"雁湖"，我会想起你们的形象！

一阵一阵幽幽的声响,从云雾迷蒙的山坳里飘出来,时断时续,时轻时重,像是有人在轻轻地叹息,在拨弄着一架音弦不全的古筝……

周庄水韵

　　一支弯曲的木橹，在水面上一来一回悠然搅动，倒映在水中的石桥、楼屋、树影，还有天上的云彩和飞鸟，都被这不慌不忙的木橹搅碎，碎成斑斓的光点，迷离闪烁，犹如在风中漾动的一匹长长的彩绸，没有人能描绘它朦胧炫目的花纹……

　　有什么事情比在周庄的小河里泛舟更富有诗意呢？小小的木船，在窄窄的河道中缓缓滑行，拱形的桥孔一个接一个从头顶掠过。贞丰桥、富安桥、双桥……古老的石桥，一座有一座的形状，一座有一座的风格，过一座桥，便换了一道风景。站在桥上的行人低头看河里的船，坐在船上的乘客抬头看桥上的人，相看两不厌，双方的眼帘中都是动人的景象。

　　周庄的河道呈"井"字形，街道和楼宅被河分隔。然而河上有桥，石桥巧妙地将古镇连为一体。据说，当年的大户人家能将船划进家门，大宅后院还有泊船的池塘。这样的景象，大概只有在威尼斯才能见到。一个外乡人，来到周庄，印象最深的莫过于这里的水，以及一切和水连在一起的景物。

我曾经三次到周庄，都是在春天，每一次都坐船游镇，然而每一次留下的印象都不一样。第一次到周庄，正是仲春，那一天下着小雨，古镇被飘动的雨雾笼罩着，石桥和屋脊都隐约出没在飘忽的雨雾中。那天打着伞坐船游览，看到的是一幅画在宣纸上的水墨画。第二次到周庄是初春，刚刚下过一夜小雪，积雪还没有来得及将古镇覆盖，阳光已经穿破云层抚摸大地。在耀眼的阳光下，古镇上到处可以看到斑斑积雪，在路边，在屋脊，在树梢，在河边的石阶上，一摊摊积雪反射着阳光，一片晶莹斑斓，令人目眩。古老的砖石和清新的白雪参差交织，黑白分明，像是一幅色彩对比强烈的版画。在阳光下，积雪正在融化，到处可以听见滴水和流水的声音，小街的屋檐下在滴水，石拱桥的栏杆和桥洞在淌水，小河的石河沿上，往下流淌的雪水仿佛正从石缝中渗出来。细细谛听，水声重重叠叠，如诉如泣，仿佛神秘幽远的江南丝竹，裹着万般柔情，从地下袅袅回旋上升。这样的声音，用人类的乐器永远也无法模仿。

最近一次去周庄也是春天，然而是在晚上。那是一个温暖的春夜，周庄正举办旅游节，古镇把这天当成一个盛大的节日。古老的楼房和曲折的小街缀满了闪烁的彩灯，灯光倒映在河中，使小河变成一条色彩斑斓的光带。坐船夜游，感觉是进入梦境。船娘是一位三十岁的农妇，以娴熟的动作，轻松地摇着橹，小船在平静的河面慢慢滑行。我们的身后，船的轨迹和橹的划痕留在水面上，变成一片漾动的光斑，水中倒影变得模糊朦胧，难以捉摸。小船经过一座拱桥时，前方传来一阵音乐，水面也突然变得晶莹剔透，仿佛是有晃荡的荧光从水下射出。

船摇过桥洞，才发现从旁边交叉的水道中划过来一条张灯结彩的花船，船舱里，有几个当地农民在摆弄丝弦。还没有等我来得及细看，那花船已经转了个弯，消失在后面的桥洞里，只留下丝竹管弦声在被木船搅得起伏不平的河面上飘绕不绝……我们的小船划到了古镇的尽头，灯光暗淡了，小河也恢复了它本来的面目，平静的水面上闪烁着点点星光。从河里抬头看，只见屋脊参差，深蓝色的天幕上勾勒出它们曲折多变的黑色剪影。突然，一串串晶莹的光点从黑黝黝的屋脊上飞起来，像一群冲天而起的萤火虫，在黑暗中画出一道道暗红的光线。随着一声声清脆的爆炸声，小小的光点变成满天盛开的缤纷礼花，天空和大地都被这满天焰火照得一片通明。已经隐匿在夜色中的古镇，在七彩的焰火照耀下面目一新，瞬息万变，原本墨一般漆黑的屋脊，此时如同被彩霞拂照的群山，凝重的墨线变成了活泼流动的彩光。

最奇妙的，当然是我身畔的河水，天上的辉煌和璀璨，全都落到了水里，平静幽深的河水，顿时变成了一条摇曳生辉、七彩斑斓的光带。随焰火忽明忽暗的河畔楼屋倒映在水里，像从河底泛起的一张张仰望天空的脸，我来不及看清楚他们的表情，他们便在水中消失。当新的一轮焰火在空中盛开时，他们又从遥远的水下泛起，只是又换了另一种表情。这时，从古镇的四面八方传来惊喜的欢呼，天上的美景稍纵即逝，地上的惊喜却在蔓延……

　　我很难忘记这个奇妙的夜晚，这是一个梦幻般的夜晚，周庄在宁静的夜色中变得像神奇的童话，古镇幽远的历史和缤纷的现实，都荡漾在被竹篙和木橹搅动的水波之中。

德天瀑布记

无风，无雨，无雾。蓝天下群山叠翠，几片白云凝固在若有若无的峰峦间，路边的兰草和头顶的桉树叶纹丝不动。不远处的归春河，是中越边境的界河，河道曲折，蜿蜒而下，河水澄澈如水晶，温润如碧玉，在我的视野中缓缓滑动。天地间，仿佛只写着两个字：幽静。

然而静寂中却有奇异的声响传来，使人忍不住屏息谛听。这声音来自极遥远的地方，虽然不大，却浑厚深沉，如无数幽囚在深山中的男子，不停地呐喊吟唱。歌声翻越崇山峻岭，一阵高，一阵低，隐隐而来。越往前走，声音便越大，如山谷中林涛喧腾，夹着风雨哗然而至。随着这奇异的声音不断增强，心中的疑惑也如云雾旋绕。被树荫隔断的远山中，分明正奔腾着千军万马，天地间回荡着马蹄和金戈的撞击，交织着号角的呜咽和人马的嘶喊……

绿荫中白光一闪，眼帘豁然大开。河道尽头，群山壁立，一挂瀑布自天而降，如一道巨屏，气势万千地横陈在绿色的崖壁上。那震撼天地的巨响，是高山流水的声音，是瀑布的喧哗。这就是德天瀑布，是我追寻的目标。在中国，知道德天瀑布的人不多，不是因为瀑布不奇不美，而是因为这里曾经是多事的边界，闲人免进，旅游者很难到这里来。瀑布还在远方，然而那浩大的气势已经逼人。瀑布看上去洋洋洒洒，层层叠叠，宽阔的流水从绿树丛生的山顶跌落，在山腰间受阻，又分成几叠飞泻而下。从远处看，瀑布形成的过程似乎优美徐缓，流水以柔曼的姿态舒展在天地间，仿佛是一列宽银幕，正放映着一幕浪漫的流水交响曲。然而听它们的轰鸣，便可想见，那流水是怎样的一种规模和气势。

沿着归春河畔的小路，迎着越来越响的轰鸣声，一步一步走近大瀑布。呈现在我眼帘中的德天瀑布，使我感到新鲜。在我的记忆中，中国的瀑布没有一处和它雷同。贵州黄果树瀑布落差比它高，却没有它那么阔大。四川九寨沟的诺日朗瀑布宽则宽矣，却没有它这样雄浑浩荡，没有这样丰富多变的层次，充其量，只是其中一叠。浙江雁荡山的大龙湫如果是一条龙在山中游动，那么，它就是群龙呼啸着飞出山林。安徽黄山的人字瀑，和它相比犹如小溪面对江河。被李白想象成"九天银河"的江西庐山瀑布，其实只剩下了峭壁上的几道水痕，根本无法和它同日而语……

走到瀑布下面，已经无法交谈说话，天地间只剩下轰隆隆的水声，奔腾的瀑布犹如天缸倾翻，大水滔滔滚滚，轰然而下，像要淹没整个世界。流水奔泻的情状惊心动魄，不再徐缓，使我想起唐人诗句："涛似连山喷雪来""乱流争迅湍，喷薄如雷风"。然而山下早已为瀑布准备了落脚之地，流水泻入深潭，翻卷起一簇簇雪浪，飞溅起一缕缕水雾，气势汹汹，最终却还是循规蹈矩，在阔大的水潭里盘旋了片刻，又匆匆涌入河道，缓缓向下游淌去。这样的景象，已经持续了多少年？一亿年？一万年？还是千百年？当地的友人告知，这瀑布，古已有之，归春河流淌了多少年，这瀑布就奔泻了多少年。不知多少代居民在水声中老去，瀑布却长流不竭，永远像活泼的孩童，像雄姿英发的男子汉，保持着勃勃生机。

随友人坐上竹筏，长篙在河滩上轻轻一点，筏子便稳稳地滑到了河中心。透过清澈的水波，能看到水底的岩石。水浅处，滩石不时磕到筏底，深处则墨绿一片，深不可测。撑竹筏的是一个肤色黝黑的小个儿船工，不说话，只是盯着水面，灵巧地将手中的竹篙左右点拨，撑着筏子逆流而上，渐渐靠近瀑布。在阔大的瀑布面前，我们的筏子是漂浮于水面的一只小甲虫，游动得小心翼翼，唯恐被急流颠覆。我的周围，轰鸣的水声和飞扬的水雾笼罩了整个世界。瀑布前有一组岩石从水底崛起，色泽斑驳，形状怪诞，如一头巨大的异兽浮出水面，对着瀑布昂起脑袋，似乎在追寻那空中的水流。飞泻的瀑布劈头盖脸打来，溅起漫天飞雪，而那异兽犟头倔脑，毫不退缩，任凭浪花击打。瀑布和异兽，就这样对峙着：异兽，永远也无法登临山巅；而瀑布，大概也无法将它赶走。

"看，彩虹！"

筏子上有人惊呼。无须指点，坐在筏子上的人都看见了出现在阳光和水雾中的奇观。一座七彩虹桥，在朦胧的水雾中凌空而起，一端在水花飞溅的瀑布底部，一端升入飘忽迷蒙的空间，任凭波流翻涌，水声如雷，那光彩斑斓的虹桥却在空中浑然不动，像是在等候游人上桥登空，步入仙境。在瀑布前，只要有阳光和雾气，这彩虹就不会消失。

瀑布下的水流汹涌激荡，筏子再也无法向前，只能原路折返，回到岸上。从瀑布北侧的小路拾级上山，来到瀑布背后的山顶。轰鸣的水声仍在耳畔回旋，眼前的景象却已经迥然不同，但见一片明澈如镜的平湖，倒映着蓝天白云，衬托着起伏逶迤的远山，湖中小岛丛生，花木葳蕤，彩色的鸟雀从平静的水面上掠过，清可见底的水中，鱼群来往穿梭。谁能想到，那惊天动地的大瀑布，距离这世外桃源般的静水，只有几十米。

在平湖一侧，我看到了标志着国界的古老碑石。

德天瀑布在广西大新县境内，为归春河中段。归春河从广西靖西县山区流出，流经越南国境数十公里，又流向中国，在两国交界处突然跌落，形成大瀑布。跌落山崖后，归春河沿中越边界由东往西流入左江，汇集左江之水一起注入邕江。据说德天瀑布是世界第二大跨国瀑布，规模仅次于跨越美国和加拿大的尼亚加拉大瀑布。瀑布的主体在中国境内，即德天瀑布，水分三层，错落有致，轰轰烈烈地向世人描绘着流水永恒的激情。越南界内有瀑布的另一半，名为板约瀑布。那是三条隐蔽在树丛中的瀑布，从山顶泻入，在山脚下汇成深潭，潭前有一大片绿草丛生的平地，潭水涌入草地，分成几股细流，蜿蜒流入归春河。在大水季节，这两股瀑布能联成一体，宽度达两百余米。那时，竹筏根本无法靠近瀑布，天地间只有雷鸣般的水声和遮天蔽日的雪浪和水烟，那气势，真可谓是气吞山河，惊天动地了。

我坐竹筏在归春河上观瀑时，河对岸也有越南人三五成群前来，两国游人隔河挥手致意，互相能看到脸上友好的笑意。将两国游人吸引至此的，是跨越国界的大瀑布。这瀑布，在这里飞泻了千年万年，轰鸣了无数个春秋，然而从前却没有人称道它的奇丽和美妙。我想，不是这里的人没有欣赏自然的眼光，没有迷恋天籁的情趣，而是没有那种心情。

此刻，站在国界上，无拘无束地观赏这大自然的奇妙馈赠，倾听这震撼天地的动人天籁，我情不自禁地在心里默默感叹：和平，是多么珍贵多么美好。在和平的岁月里，美，才成了人类追求的共同目标。

在急流中

贝江，从迷蒙的深山中流出来。湍急的流水，在曲折的河道中卷着浪花，打着漩涡，一路鸣响着奔向远方。

轮船顺流而下，江水拍击船舷，溅起一排排水花。我站在船头，以悠闲的心情欣赏周围的风景，江两岸是绿荫蓊郁的青山，山坡上覆盖着翠竹和杉树，还有杜鹃。我想，若是在春天，漫山遍野的杜鹃盛开时，一定会美得惊人。

我向前方望去，只觉得眼帘中一亮——急流汹涌的江面上，远远地出现了一只小筏子，就像一只灵巧的小蜻蜓，落在水里拼命挣扎着逆流而上。划竹筏的好像是一个女人，因为远，看不清她的面容，只见她双手不停地划桨，驾驭着筏子，灵巧地避开浅滩和礁石，在湍急多变的江水中曲折前行。她的身后背着一个红色的包裹，远远看去，像一朵随波漂流的红杜鹃。

很快，小筏子就到了大船的跟前。划竹筏的，竟是一个年轻的少妇，她神色安详，平静的目光注视着前方。她身后的红包裹，原来是一个襁褓，她是背着自己的孩子在江上赶路。我向她挥手，她朝我微笑了一下，脸上泛起一片红晕，马上又将目光投向江面，双手奋力划桨，继续在急流中探寻安全的通道。我发现，襁褓中的孩子将脑袋靠在母亲的肩膀上，正在酣睡，筏子上的颠簸和江上的惊险，他居然一无所知。

小筏子和大船擦肩而过，我们的相逢只在一个瞬间。在这个瞬间里，我感到惭愧。我，一个游山玩水者，悠闲地站在平稳的大船上欣赏风景；而她，一个背负儿女的母亲，却驾着小小的筏子在急流中搏斗。

回头看，那小筏子很快便消失在远方，只有那簇耀眼的红色，在水烟迷蒙的江面上一闪一闪，像一簇不熄的火苗……

在贝江上见到的这一幕，我很难忘记。急流中那位驾筏少妇安详的神态、坚定的眼神、奋力划桨的动作，还有她那在襁褓中安睡的孩子，这一切，组合成一幅感人的图画，留存在我的记忆中，再也不会消失。在人声喧嚣的天地里，有几个人能像她那样勇敢沉着地面对生活的急流呢？

冰霜花

一

你从南国来信，要我描绘北方寒冷的景象，这使我为难了。在地图上，我们这个城市是在中国的南北之间，冬天，远不如东北寒冷，但比起你们花城，自然冷多了，凛冽的北风，也能刺人骨髓。然而很难告诉你，什么是这里冬天的特征。你想象中的冰天雪地，这里没有。对了，有一个很有趣的现象，值得向你描绘一下。

早晨醒来，我的窗上总是结满了晶莹的冰霜。这是一些奇妙的花儿，大大小小，姿态各异：有六个瓣儿的，像一朵朵被放大了的雪花；有不规则的，无数长长短短呈辐射状的花瓣布满了玻璃窗格。仿

严寒为世界带来了灾难，却也造就了美。

佛有一个身怀绝技的雕刻大师，每天晚上，都在窗上精心雕刻出新鲜的花样，使我一睁开眼睛，就得到一种美的享受，就感受到大自然和生活的多姿多彩……

大自然的创造，是人工所无法模拟的。窗上的这些冰霜花，实在是一个奇迹，每天出现，却绝不重复，千奇百怪，翻不尽的花样。看着它们，我总是感到自己的想象力太贫乏。它们似乎像世上所有的花儿，又似乎全都不像，于是，我想到了天女的花篮，想到了海底的水晶宫……如果是画家，他一定会从这些晶莹而又变化无穷的花纹中得到许多灵感和启示的。而我却只有惊叹，只有一些飘忽迷离的想入非非。我觉得它们是一朵朵有生命的花，是一首首无比精妙的诗……

二

太阳出来后，窗上的冰霜花便会渐渐融化，使窗户变得一片模糊，再也没有什么动人之处了。所以我有时竟希望太阳稍稍迟一些出来，能使这些晶莹的花儿多保留一些时候，让我多看几眼，多驰骋一会儿想象。

这些美妙的小花，只和寒冷做伴。我刚才说的那个雕刻大师，就是它——寒冷，呼啸的北风是它的雕刻刀。在人们诅咒着严寒的时候，它却悄悄地、不动声色地完成了它的举世无双的杰作。大概很少有人看见过冰霜花开放的过程，这也许可以算一个秘密，只有风儿知道，只有水珠儿知道。当那些游荡在温暖的屋子里的水汽，在窗上凝结成小水珠时，窗外的寒流，便赶来开始了它的雕刻。对小水珠儿来说，这种雕刻，可能是一场痛苦的煎熬，是一次生死的搏斗——柔弱而纯洁的小生命，面对强大的寒流，顽强地坚守着自己的营地，勇敢地抗争着。寒流终于无法消灭这些颤动的小生命，只是使它们凝固在玻璃上，成了一朵朵亮晶晶的花儿。

能不能说，冰霜花，是一场搏斗的速写，是一群弱小生命的美丽庄严的宣言呢？你可能会笑我牵强附会。但我从这些开放在严寒之中的小花儿身上，悟出了一个道理：美，常常是在艰难和搏斗中形成的。

赵丽宏 美文精选·赏析版

三

　　是的，严寒为世界带来了灾难，却也造就了美。假如你看到被雪花覆盖的洁净辽阔的田野，看到北方人用巨大的冰块镂刻出千姿万态的冰雕冰灯，你一定会惊喜得说不出话来。而冰霜花，似乎是把严寒所创造的美全部凝集在它们那沉静而又精致的形象之中了。面对着它们，你也许再也不会诅咒寒冷。看着窗上的冰霜花，我也曾经想起南国的那些花，那些在炎阳和热风中优雅而又坦然地绽开的奇葩：凤凰花、茉莉花、白兰花、美人蕉、米兰花……以及许多我从未曾有机会见识的南国花卉。在难耐的酷暑中，它们微笑着，轻轻地吐出清幽的芳馨。我想，它们和这里的冰霜花似乎有着共同的性格，一个在严寒中形成，一个在高温下吐苞，都曾经历了艰难、痛苦和搏斗，却一样美丽，一样使人赏心悦目。无论在北方，还是在南方，我们的周围，总是有一些美好的东西在默默地生长着，不管世界对它们多么严酷。也许，正是因为形成在严酷之中，这些美，才不平庸、不俗气，才会有非同一般的魅力。

四

你看，我扯得远了。还是回到我要向你描绘的冰霜花上来吧。

然而遗憾得很，暖洋洋的阳光已经流进了我的屋子。窗上的冰霜花，早已融化了，像一行行泪水，在玻璃上无声无息地流淌，仿佛是因为失去了它们的美而悲哀地哭泣着。不错，冰霜花，毕竟不能算真正的花，看着玻璃窗上那一片朦胧的水雾，我心中不禁有几分怅然。不过，到明天清晨，它们一定又会悄悄开放在我的窗上，向我展现它们那全新的容颜。

山有魂魄八面观

　　张家界是山的世界。住在武陵源的旅馆里，从任何一个可以远眺的窗户往外看，都能看见天边的群山。到武陵源那天已是黄昏，望窗外，但见天边山影起伏，夕阳为远山勾勒出金红的轮廓。我叫不出这些山峰的名字，它们像一群黛紫色的巨大雕塑，凝固在天幕上。山巅上的树林是它们的头发，山腰间的彩云是它们身上飘动的襟带。它们静穆无言，是沉思的一群，它们的沉静带着无限神秘，盘桓在天地间……

　　近距离认识张家界的山，是从金鞭溪开始的。这是蜿蜒在群山中的一条溪涧，湍急的流水曲曲折折穿越峡谷，像一根颤动的线，贯穿了沿途纷乱博杂的山峰。清澈的溪流从大山深处流下来，无拘无束，自由奔放，一路快乐地喧哗，在游人脚边泼洒着晶莹的珠玉。沿着清溪散步，走累了，抬头望望山，山就在头顶上，每走几步，它们就会以不同的面目投入你的眼帘。在溪边看山，是仰望，远处看来清灵飘忽的山峰，此刻变成了巨灵神，一个个顶天立地，从半空里俯瞰你，逼视你，仿佛要当头压下来，让你觉得自己渺小可怜。使我惊奇的是这些山峰的形状，那么独特，绝无重复，它们集雄奇、险峻和秀丽为一体，每一座山峰，都可以引人产生无尽的遐想。大自然何等神奇，将每一座山峰都塑造得独一无二，就像千人千面的人类一样有个性。说这些山峰像什么，其实没有什么意义，不同的人站在不同的角度，它们会呈现出不一样的形态。譬如那两座被人称为"双石玉笋"的山峰，在山里人看来，它们像笋，在城里人眼里，它们也许更像两座奇崛的高塔，而文人也可以把它们想象成巨笔，可以写传世的惊天大文章。那座使这条溪流得名的金鞭峰，在不熟悉古时兵器的现代人眼里，更像一座巍峨的巨厦，那形状，和浦东陆家嘴那幢摩天大楼就很有几分相似。而在我看来，这些山峰如果无名才更有意思。坐在清澈的溪流边，听着潺潺的水声，抬头凝视它们，它们能跟随想象的羽翼自由飞翔。这些沉默的巨岩，曾经都是海底暗礁，在地壳的裂变中，它们上升为山峰。这是一群伫立了亿万年的巨人，目睹了世界的颠覆和人世的沧桑，它们身上那些刀劈斧砍般的线条裂痕，如同老人额头上的皱纹，它们的心里潜藏着最复杂最深刻的哲思。然而谁能将它们的内心解读？

低下头来，看脚边奔濯的流水，头上的山峰便倒映在流水之中。这时，山晃动在流水里，水荡漾在山顶上。水是活的，山也是活的。此时，山、水，还有陶醉在山水之间的人，三者合而为一，成为一个灵动的生命组合。

山林深处有新建的"天梯"，可以直登山顶高台。坐"天梯"观山，又是另外一种奇妙的感觉。在电梯上，透过玻璃看远处的群山，是一种平视，山和人的视线在相同的高度，但却是一个移动着的视角。天梯对面的那一群山，一座座拔地而起，峭然直立，相互间隔着极小的空隙，像极了一群比肩而立的壮汉，它们头戴着不同的帽盔，剽悍、威猛，互相推挤着，争抢各自的立足之地。在山脚下仰望它们时，只见云雾在它们的肩头缭绕，面目神秘难测。当地人称它们为"神兵聚会"，这是一个形象的名字。在飞速上升的电梯上看山，以动观动，人由下而上，视野中的"神兵"则由上而下，高不可攀的万丈危岩，此刻突然临近，一座座山峰从天上徐徐降落，仿佛真的是天神下凡了。

登上山顶高台，便有了机会俯瞰群山，这又是一个新的观山视角。在一个叫"迷魂台"的地方，展现在眼帘中的景象使我惊叹不已。山谷中云飞雾绕，云雾中的山巅若隐若现，犹如万顷海涛中的岛屿，有的露出海面，有的潜藏在海底，也有的像海上远航的船队，浩渺烟波中仿佛有百舸争流，千帆齐发。这里的山峰形状奇特，山顶几乎都有奇石兀立，石形如笋如柱，如龟如猿，如仙翁如樵夫。在涌动的云雾中，这些奇石使我联想起船上的水手，他们攀登到樯桅顶端，正迎着凛冽海风，遥望迷茫的远方……

在我的俯瞰中变幻出没的这些山，一定是有灵魂的。它们和世界上所有的生命一样，在天地间诞生、成长、变化、思考。如果它们还有记忆，应该记得当年在大海深处被涌流抚摸，被波涛撞击，被鱼群环绕的情景。眼前景象，或许是它们在重温那远古的往事吧。

雪

一

　　夜晚是宁静的，没有呼啸的寒风来敲打门窗。是的，是一个安谧而又暖和的冬夜。

　　早晨起来时，所有的人都惊叫了，哦！雪！怎么竟下雪了！

　　江南难得见到的大雪，就在这样一个平和的夜间悄然无声地覆盖了大地，覆盖了我们这个有着汪洋大海般人群的都市。洁白的雪，使世界变得明亮而又纯净。那些熟悉的街道、楼房和树木，因为披上了耀眼的银装，突然一下子变得新鲜了，一下子出现了一种从未有过的魅力。雪，使裸露在空间的一切，都有了一个洁白柔和的轮廓，都焕发出平时没有的光彩。有些房屋几乎全被积雪笼罩了，只留下几个黑洞洞的窗户，像一双双睁大着的眼睛，诧异地打量着这个白雪世界。不管是巍峨的钢筋水泥大厦，还是普通的工人新村；不管是哥特式的小洋楼，还是低矮简陋的平房；不管是高大挺拔、出身名门的常青乔木——雪松、龙柏、广玉兰、香樟，还是其貌不扬、早在几个月前便在秋风中脱尽了树叶的街树，此刻，全都亲切而又和谐地统一在晶莹洁净的雪的色彩中。在这个雪的世界里，似乎所有一切都变得纯洁无瑕了，没有高低贵贱之分，没有污浊，没有阴暗……

走走去！趁都市还未全部醒来，迎着飘舞的雪花，找一条没有公共汽车、没有行人的僻静的路，找一块宁静的雪地去走走吧！

二

嚓、嚓、嚓……那是我的脚步声。我的脚，一步一步踩在柔软的雪地上……

沙、沙、沙……那是雪花的声音。细小的雪花，飘落在我的雨伞上……

　　多么动听、多么迷人的声音！我觉得，大都市中一切嘈杂的音响此刻都消失了，只有这雪的声音，这是使人平静、使人摆脱烦恼的音乐般的声音。不是常常苦于找不到诗意吗？在这雪的声音里，展开想象的翅膀吧……

　　我很自然地想起了江南的田野。这田野，就在不远的地方，这会儿，它也被积雪覆盖着，被雪花抚摸着，也是一片广袤平坦的洁白的世界。雪花在原野上无声地飘落，然而在积雪底下，种子在萌芽，麦苗在拔节，生命在蓬蓬勃勃地生长。这些在雪中运动的生命，一定也会快活地唱歌；不过，要用心灵来听。它们也许会唱：谢谢你啊，雪，温暖的雪啊……

　　我也想起了海，想起了海滩。纷纷扬扬的雪花无法覆盖起伏的海面，它们无声无息地飘落，无声无息地融化在蓝色的、咸涩的海水里。然而雪花在海滩上积起来了。潮水温柔地舐着海滩上的积雪，使雪的边沿形成了美丽的波浪形。于是，湛蓝辽阔的大海，有了一圈洁白的花边……

当然我也想起了北方，北方的森林、北方的大山、北方的大平原，雪橇在飞扬的雪雾中滑翔，梅花鹿在雪地里留下了又小又密的蹄印……那里才真正是雪的故乡。狩猎者在寂静的山林中用雪搭起了临时屋棚，金红色的篝火，在四壁白雪之中燃烧……

"啪！"背脊上突然被人打了一下。回头一看，原来是一个雪球飞到了我的身上。哦，是孩子们，他们已经早早地起来打雪仗了。

"对不起！对不起啦！"孩子们笑着向我打招呼，红通通的圆脸蛋上，冒着热气……

孩子们的雪球，打断了我的缥缈而又不着边际的遐想。我发现，我走进了一个热闹的世界。而雪，已经停了。

三

是的，雪，使这世界变得宁静，也使这世界变得热闹。我酷爱宁静，然而这雪中的热闹，却吸引了我的注意力。

人们在雪中笑着，也许是很多年没有见到这么大的雪了，人们觉得新鲜，觉得在这一片飞雪之中，这座城市一下子变得异常美丽。最兴奋的当然是孩子们，他们叫着喊着在雪中追逐奔跑，雪球在他们的头顶飞舞，在他们的周围开花……

堆一个雪人吧，让我也重温一下儿时的欢乐。然而孩子们的想象力比我们儿时丰富得多了，路边，不仅堆起胖乎乎的雪人，还有熊猫、狮子，还有方脑袋、方身体的机器人……孩子们的欢乐也感染了大人，大人也来玩雪了，姑娘们、小伙子们，还有一些老人，又笑又喊地和孩子们一起打雪仗、堆雪人……一辆卡车开过，引得人们哈哈大笑——聪明而又灵巧的司机，把驾驶室顶上的积雪，堆成了一条可爱的小哈巴狗，小狗头上，戴着一顶不知从哪里找来的破草帽，显得淘气而又滑稽……

洁白晶莹的雪，使人们恢复了童心。

四

有人在雪地中滑倒了，同时有几双手从周围伸来，将他从地上扶起……

是啊，雪，也给城市带来了烦恼。你看，马路上的积雪，妨碍了交通——汽车和电车无可奈何地排成长龙，小心翼翼地爬着；骑自行车的人们，只能推着车慢慢地走，不时有人滑倒在雪地中……

没有谁号召，扫雪的人们从四面八方来了。互不相识的人们，被这洁白晶莹的雪召集到一起来了！扫帚、铁锹、铁铲，把积雪弄得满天飞扬。雪花，沾在姑娘们的鬓发上，飞到小伙子的肩头……满身雪花的扫雪者快活地互相招呼着，像一些久别重逢的老朋友。路上的积雪，很快被扫清了。

道路重新畅通。汽车和电车欢快地鸣着喇叭，在路上加快了速度；自行车铃丁零丁零响起来，无数亮晶晶的车轱辘一起滚动了……

司机、乘客、骑车者，微笑着向扫雪的人们挥手，扫雪者也挥着手，有人大声地喊："一路平安！"

路上的雪，在路边堆成一座一座雪白的小丘，几个灵活的年轻人用铁锹稍稍加工了一番，路边便又多出几个体态魁梧的雪人来。于是，又有笑声在路边飘起……

真的，这雪，丝毫没有让人感觉到寒冷。这冰凉的雪花，使市民们平时那种紧张、匆忙、互不相关的生活节奏，变得温和而又协调了。在洁白的雪的世界中，人们变得相互关心、相亲相爱……"各人自扫门前雪"这样的老古话，已经过时了。

我又想起了江南的田野，想起了那些在雪被下萌芽拔节的生命，想起了它们的歌：雪啊，温暖的雪！

五

太阳出来了。晴空灿烂！

由于阳光，由于温暖的风，由于无数行人和车辆的运动，雪，很快地融化着。雪水，在屋檐下叮叮咚咚地歌唱，在路边潺潺地流淌。只有那些雪人，

雪，使裸露在空间的一切，都有了一个洁白柔和的轮廓，都焕发出平时没有的光彩。

依然在路边伫立，它们在流汗……

　　而雪中的世界，却很难消失了，它留在了我的
记忆里——洁白的、纯净的、温暖的……

最后的微笑

　　每一棵树都有一部不平凡的历史。有时候，当一棵盘根错节、绿冠如云的老树出现在我面前，我会站在它的浓荫下，凝视着树身上那些斑斑驳驳的疤痕，痴痴地想上半天。它们也曾经是一株株纤弱的幼苗，那当然是很久很久以前的事情了，几十年，甚至几百年。当初和它们一起出土的幼苗们，绝大部分都早已变成了泥土，变成了飞灰，而它们却活了下来，将根深深地扎进了泥土，把绿冠高高地展开在天空，长成了顶天立地的大树。它们所经历的煎熬和灾难，人类是无法想象的——狂风、暴雨、霹雳、冰雪、洪水、天火，猛兽的牙、蹄，人类的刀、斧……也许正是因为这些原因，老树的形象总是威武不屈的，尽管有扭曲的虬枝，尽管有创痕累累的树干，却绝无萎蔫朽败之态，那叶瓣的青绿和年轻的树们一样溢出生机，而那粗壮斑驳的枝干，更是力量和生命的雕塑，人类的雕刻刀是不可能雕出它们来的。这些屹立于大地和山冈的老树，是同类中的强者，是和命运、环境搏斗抗争的胜利者。它们之所以成为风景中必不可少的台柱，成为人类景仰的对象，实在是自然而又必然的了。

是啊，每一棵老树都会有一部惊心动魄的曲折历史，只是仅仅凭借着人们的画笔和文字，恐怕无力描绘这些历史。谁见识过漫长岁月中的那些风雨雷电呢？

在太湖畔，在一座树木翁郁的深山里，我听说过一棵古柏的故事。据说吴王夫差路过那里的时候，那棵柏树就在山中了。它蓬蓬勃勃地绿了两千多年，默默无闻地活了两千多年，谁也不去注意它。有一天，一道雷电击中了它，烈火无情地焚烧着它那苍劲的枝干和墨绿的树冠。烈火熄灭之后，这棵古柏便不复存在了，人们只能在袅袅的烟缕中依稀回想起它昔日的雄姿。粗壮的树干被烧得只剩下几片薄薄的树皮，像几把锈迹斑斑的蚀残的古剑，茕茕孑立着。想不到，一年以后，在这几片化石一般的树皮上，竟然又爆出了青嫩的叶瓣。这奇迹使人们惊呆了。这简直就像一位死去多时的老人突然在一个早晨又睁开了眼睛！可是依然没有人想到去保护它。于是又有一天，一辆手扶拖拉机横冲直撞开进山里。这手扶拖拉机在当时还是稀罕物，山里人以惊奇的目光追随着它。而拖拉机手得意得就像是一位山神爷，仿佛整座大山、整个世界都比不上他那台会叫、会冒烟、会一颠一跳奔驰的拖拉机。经过古柏残桩的时候，拖拉机突然一歪，迎着那几片茕茕孑立的树皮冲去。树皮折断了，转动的胶轮在它们身上辗着，如同势不可挡的铁骑无情地践踏着被征服者的尸体……古柏似乎是彻底消失了，人们也几乎是彻底忘记了它。山里多木柴，山里人对那几片老朽的树皮毫无兴趣，它们支离破碎地卧倒在泥土中，唯有让岁月的风雨把它们消化成新的泥土了。然而奇迹依然没有结束，风风雨雨又一年之后，那些卧倒的树皮上，星星点点地又萌出了新绿。哦，这活了两千多年的生命，这历尽千难万苦的生命，它不肯轻易死去，它要用自己的最后一息余温，向世界昭示生命的坚忍和顽强。山里的人们终于发现了这奇迹，并且悔恨起来。可是悔恨已经晚了，要这些奄奄一息的树皮再重新长成一株参天大树，那只能是梦中的情景。

我去看那几片奇异的老树皮时，心情是极其复杂的，除了浓浓的遗憾，除了隐隐的愤懑，还有由衷的崇敬。我凝视着它们苍老残缺的容颜，凝视着那些从树皮裂缝中一丝丝一点点一簇簇钻出来的绿芽，默然伫立了很久。山风旋起的时候，起伏的林涛在幽谷中汇合成一阵阵美妙的无词合唱，山中大大小小的树木都在为它们中间的一位可敬的长者歌唱，它们深情而又忧伤地唱着……在深沉的林涛中，我觉得躺在泥土中的老树皮正在微笑，这是千年古柏留给世界的最后的微笑，这是动心夺魄、发人深省的微笑。谁能说出这最后的微笑能延续多久呢，谁能断言这一丝丝一点点一簇簇的绿芽再不能长成一棵大树甚至一片绿林呢！

然而不管怎么样，用一个顽强动人的微笑作为一个生命、一部历史的终结，这是可以引以自慰的。

我的坐骑

　　我的坐骑当然不是古老的牛和马，也不是现代化的摩托车，而是介于两者之间的半机械化交通工具——自行车。自行车，也许可以看作是中国的一种象征。没有人能统计中国人拥有多少辆自行车。在西方，人们骑自行车只是为了健身或者消遣，而且大多只是儿童的玩意儿。中国人骑自行车是为了赶路，这是正儿八经的交通工具。从前，一个家庭有一辆自行车是一件了不得的事情，它往往是全家最贵重的财产。现在，自行车早已算不得什么，谁家没有两三辆自行车？一辆自行车的价格甚至还不够时髦男女们买一双进口名牌皮鞋。这大概也是中国人生活水平提高的一种标志吧。然而自行车的职能却没有变化，它依然是大多数中国人的交通工具。在一个交通拥挤的城市里，小巧灵活的自行车有时候比轿车的速度还快。这种说法有点儿"阿Q"，却是事实。

我骑自行车的历史已将近三十年。在乡下插队落户时，我曾做过一段时间的乡村邮递员，天天在狭窄而泥泞的乡间田埂上骑着一辆旧车来来去去送报递信，使我练得车技不俗，不过那时骑的是别人的车。有一辆属于自己的自行车，还是上了大学以后。那是七十年代末，我花了50元从商店买了一辆旧得没有商标的男式轻便自行车。为什么要买旧车？原因有两条：一是经济上的原因，对我这样一个没有薪水的穷学生，这旧车的价格还合适；另外，我认为旧车也有优点，随便丢在哪儿都不会使小偷为之心动，所以不必为它操心。这辆车实在太破旧、太寒酸，一位在工厂当机修工的朋友看不过去，硬是把它骑回厂里，花工夫整修了一番，换了一些零件，又用绿油漆漆了一遍。还给我时，这辆旧车看上去居然颇有几分新意了。更重要的好处是，这辆车骑起来很省力。

对这辆旧自行车来说，我并不是一个好主人。我每天骑它，却从来不保养，停在街头日晒雨淋对它来说是家常便饭。有时候，我还使我的坐骑横遭磨难。我有一个不太好的习惯，喜欢边骑车边思考问题，在一般情况下，似乎可以一心两用，尽管大脑浮想联翩，小脑则凭本能指挥手脚操纵自行车。但也有失灵失控的时候，有时候被别人的自行车撞倒，有时候自己摔倒在路上。最狼狈的一次，是猛然撞到一辆停在路边的公共汽车尾部，不仅把公共汽车撞出一个凹陷，自己的额头也碰出一个大包。而我的坐骑更惨，钢圈扁了，车身也撞得拱了起来……我那位工人朋友花在它身上的一片苦心不久便失去了踪影，它又恢复了那种灰驳落拓、锈迹斑斑的模样。只要还能骑，对它的外表，我不在乎，而且我确实不用担心它会被人偷走，有时放在马路边忘了上锁，过几个小时，它依然安安稳稳地停在那里。谁也不会多看它一眼。

不过，我也越来越频繁地尝到了坐骑给我带来的麻烦。这麻烦，便是车子常常会突然出故障，骑到半路上，有时断了链条，有时坏了刹车，更多的是轮胎打炮。我只能一次一次狼狈地推着车子在路上找修车摊。我想，这大概也是我虐待坐骑而遭到的报应吧。

大学毕业，结婚成家，理应换一辆新车，但是旧车还能凑合着骑，也就一直没有换。那时住在偏僻的浦东，这辆旧车常常成为我们全家的"自备轿车"。儿子在襁褓中时，妻子抱着儿子坐在后面；儿子稍大一些，妻子坐在后面，儿子坐在前面的车架上。一天晚上，带着妻儿骑车回家，儿子突然从车架上滑下来，我慌忙去拉儿子，龙头一歪，顷刻人仰马翻，一家三口都摔倒在马路中间，幸好夜间路上车辆极少，三个人都安然无恙。寂静无人的路上回荡着儿子惊惶的哭声。从地上爬起来，我才发现自行车折断了一个脚踏板。在儿子的哭声和妻子的埋怨声里，我想，我的这辆老爷车，大概是该退休了。这辆旧车我整整骑了十年，后来送给了一个乡间的老裁缝。老裁缝不嫌它破旧，说还可以骑着它外出干活。我呢，当然又买了一辆自行车，这次是一辆新的凤凰牌单车，骑着出门自然比从前风光得多。然而我还是老习惯，一如当初对待那辆旧车，对新车也一视同仁，从不保养，骑到哪里扔到哪里，而且经常忘记上锁。这辆新车我骑了不到两年。有一次回家时将自行车停在门口忘了上锁，不过十分钟光景，车子已经无影无踪。如果这辆车破旧一点，大概不会有如此下场。这大概也是新车的短处吧。

以后我又换了好几辆自行车。有时候难免怀念最初曾经属于我的那两辆自行车，就像怀念两个和我形影相随多年的老朋友。它们此刻的处境如何呢？那辆旧车，是不是还在乡间的小路上颠簸着？那辆新车，是被小偷肢解了，还是被一个我不认识的人骑着在城里到处乱转？我不知道。

我现在的坐骑，仍然是一辆旧车。

城中天籁

在城里住久了，有时感觉自己是笼中之鸟，天地如此狭窄，视线总是被冰冷的水泥墙阻断，耳畔的声音不外车笛和人声。走在街上，仿佛成为汹涌人流中的一滴水，成为喧嚣市声中的一个音符，脑海中那些清净的念头，一时失去了依存的所在。

我在城中寻找天籁。她像一个顽皮的孩童，在水泥的森林里和我捉迷藏。我听见她在喧嚣中发出幽远的微声：只要你用心寻找，静心倾听，我无处不在。我就在你周围无微不至地悄然成长着、蔓延着，你相信吗？

想起了陶渊明的诗句："结庐在人境，而无车马喧。问君何能尔？心远地自偏。"在人海中"结庐"，又能躲避车马喧嚣，可能吗？诗人自答："心远地自偏。"只要精神上远离了人间喧嚣倾轧，周围的环境自会变得清静。这首诗，接下来就是无人不晓的名句："采菊东篱下，悠然见南山。"我的住宅周围没有篱笆，也无菊可采，抬头所见，只有不远处的水泥颜色和邻人的窗户。

我书房门外走廊的东窗外，一缕绿荫在风中飘动。

我身居闹市，住在四层公寓的三楼，这是大半个世纪前建造的老房子。这里的四栋公寓从前曾被人称为"绿房子"。因为，这四栋楼房的墙面，被绿色的爬山虎覆盖，除了窗户，外墙上遍布绿色的藤蔓和枝叶。在灰色的水泥建筑群中，这几栋爬满青藤的小楼，就像一片青翠的树林凌空而起，让人感觉大自然还在这个人声喧嚣的都市里静静地成长。我当年选择搬来这里，很重要的原因就是因为这些爬山虎。

搬进这套公寓时，是初冬，墙面上的爬山虎早已褪尽绿色，只剩下无叶的藤蔓，蚯蚓般密布墙面。住在这里的第一个冬天，我一直心存担忧，这些枯萎的藤蔓，会不会从此不再泛青。我看不见自己窗外的墙面，只能观察对面房子墙上的藤蔓。整个冬

222

222

222

天，这些藤蔓没有任何变化，在凌厉的寒风中，它们看上去已经没有生命的迹象。

寒冬过去，风开始转暖，然而墙上的爬山虎藤蔓依然不见动静。每天早晨，我站在走廊里，用望远镜观察东窗对面墙上的藤蔓，希望能看到生命复苏的景象。终于，那些看似干枯的藤蔓开始发生变化，一些暗红色的芽苞，仿佛是一夜间长成，起初只是米粒大小，密密麻麻，每日见大，不到一个星期，芽苞便纷纷绽开，吐出淡绿色的嫩叶。僵卧了一冬的藤蔓，在春风里活过来。新生的绿色茎须在墙上爬动，它们不动声色地向上攀援，小小的嫩叶日长夜大，犹如无数绿色的小手掌，在风中挥舞摇动，永不知疲倦。春天的脚步，就这样轰轰烈烈地在水泥墙面上奔逐行走。没有多少日子，墙上已是一片青绿。而我家里的那几扇东窗，成了名副其实的绿窗。窗框上，不时有绿得近乎透明的卷须和嫩叶探头探脑，日子久了，竟长成轻盈的窗帘，随风飘动。透过这绿帘望去，窗外的绿色层层叠叠，影影绰绰，变幻不定，心里的烦躁和不安仿佛都被悄然过滤。在我眼里，窗外那一片绿色，是青山，是碧水，是森林，是草原，是无边无际的田野。此时，很自然地想起陶渊明的诗，改几个字，正好表达我喜悦的心情："觅春东窗下，悠然见青山。"

有绿叶生长，必定有生灵来访。爬山虎的枝叶间，时常可以看到蝴蝶翩跹，能听到蜜蜂的嗡嗡欢鸣，蜻蜓晶莹的翅膀在叶梢闪烁，还有不知名的小甲虫，背着黑红相间的甲壳，不慌不忙地在晃动的茎须上散步。也有壁虎悄悄出没，那银灰色的腹部在绿叶间一闪而过，犹如神秘的闪电。对这些自由的生灵们来说，这墙上绿荫，就是它们辽阔浩瀚的原野山林。

爬山虎其实和森林里的落叶乔木一样，一年四季经历着生命盛衰的轮回，也让我见识着生命的坚忍。爬山虎的叶柄处有脚爪，是这些小小的脚爪抓住了墙面，使藤蔓得以攀援而上，用丰富的生命色彩彻底改变了僵硬冰冷的水泥墙。爬山虎的枝叶到底有多少色彩，我一时还说不清楚。春天的嫩红浅绿，夏日的青翠墨绿，让人赏心悦目。爬山虎也开花，初夏时分，浓绿的枝叶间出现点点金黄，有点像桂花。它们的香气，我闻不到，蝴蝶和蜜蜂们闻

到了，所以它们结伴而来，在藤蔓间上上下下忙个
不停。爬山虎的花开花落，没有一点张扬，都是在
不知不觉之中。花开之后也结果，那是隐藏在绿叶
间的小小浆果，呈奇异的蓝黑色。这些浆果，竟引
来飞鸟啄食。麻雀、绣眼、白头翁、灰喜鹊，拍着
翅膀从我窗前飞过，停栖在爬山虎的枝叶间，觅食
那些小小的浆果。彩色的羽翼和欢快的鸣叫，掠过
葳蕤的绿叶、柔曼的藤须，在我的窗外融合成生命
的交响诗。

　　秋风起时，爬山虎的枝叶由绿色变成橙红色，
又渐渐转为金黄，这真是大自然奇妙的表演。秋日
黄昏，金红的落霞映照着窗外的红叶，使我想起色
彩斑斓的秋山秋林，也想起古人咏秋的诗句，尽管
景象不同，但却有相似意境："树树皆秋色，山山唯
落晖。""山明水净夜来霜，数树深红出浅黄。"

　　一天，一位对植物很有研究的朋友来看我。他
看着窗外的绿荫，赞叹了一番，突然回头问我："你
知道，爬山虎还有什么名字？"我茫然。朋友笑笑，
自答道："它还有很多名字呢，常青藤、红丝草、爬
墙虎、红葛、地锦、捆石龙、飞天蜈蚣、小虫儿卧

草……”他滔滔不绝说出一长串名字，让我目瞪口呆，却也心生共鸣。这些名字，一定都是细心观察过爬山虎生长的人创造的。朋友细数了爬山虎的好处，它们是理想的垂直绿化，既能美化环境，调节空气，又能降低室温。它们还能吸收噪音，吸附飞扬的尘土。爬山虎对建筑物，没有任何伤害，只起保护作用。潮湿的天气，它们能吸去墙上的水分，干燥的时候，它们能为墙面保持湿度。朋友叹道："你的住所，能被这些常青藤覆盖，是福气啊。"

我从前曾在家里种过一些绿叶植物，譬如橡皮树、绿萝、龟背竹，却总是好景不长。也许是我浇水过了头，它们渐渐显出萎靡之态，先是根烂，然后枝叶开始枯黄。目睹着这些绿色的生命一日日衰弱，走向死亡，却无力挽救它们，实在是一件苦恼的事情。而窗外的爬山虎，无须我照顾，却长得蓬勃苗壮，热风冷雨、炎阳雷电，都无法破坏它们的自由成长。

爬山虎在我的窗外生长了五个春秋，我以为它们会一直蔓延在我的视野，让我感受大自然无所不在的神奇。也曾想把我的"四步斋"改名为"青藤斋"。谁知这竟成为我的一个梦想。

那是一个盛夏的午后，风和日丽。我无意中发现，挂在我窗外的绿色藤蔓，似乎有点干枯，藤蔓上的绿叶萎头萎脑，失去了平日的光泽。窗子对面楼墙上那一大片绿色，也显得比平时暗淡。这是什么原因？我研究了半天，无法弄明白。第二天早晨，窗外的爬山虎依然没有恢复应有的生机。经过一天烈日的晒烤，到傍晚时，满墙的绿叶都呈萎缩之态。会不会是病虫之患？我仔细察看那些萎缩的叶瓣，没有发现被虫蛀咬的痕迹。第三天早晨起来，希望看到窗外有生命的奇迹出现，拉开窗帘，竟是满眼残败之相。那些挂在窗台上的藤蔓，已经没有一点湿润的绿意，就像晾在风中的咸菜干。而墙面上的绿叶，都已经枯黄。这些生命力如此旺盛的植物，究竟遭遇了什么灾难？

我走出书房，到楼下查看，在墙沿的花坛里，看到了触目惊心的景象：碗口粗的爬山虎藤，竟被人用刀斧在根部齐齐切断！四栋公寓楼下的爬山虎，遭遇了相同的厄运。这样的行为，无异于一场残忍的谋杀。生长了几十年的青藤，可以抵挡大自然的风雨雷电，却无法抵挡人类的刀斧。后来我才知道，砍伐者的理由很简单，老公寓的外墙要粉刷，爬山虎妨碍施工。他们认为，新的粉墙，要比爬满青藤的绿墙美观。未经宣判，这些美妙的生命，便惨遭杀戮。

断了根的爬山虎还在墙上挣扎喘息。绿叶靠着藤中的汁液，在烈日下又坚持了几天，一周后，满墙绿叶都变成了枯叶。不久，枯叶落尽，只留下绝望的藤蔓，蚯蚓般密布墙面，如同神秘的天书，也像是抗议的符号。这些坚忍的藤蔓，至死都不愿意离弃水泥墙，直到粉墙的施工者用刀铲将它们铲除。

"绿房子"从此消失。这四栋公寓楼，改头换面，消失了灵气和个性，成了奶黄色的新建筑，混迹于周围的楼群中。也许是居民们的抗议，有人在楼下的花坛里补种了几株紫藤。也是柔韧的藤蔓，也是摇曳的绿叶和嫩须，一天天，沿着水泥墙向上攀爬……

紫藤，你们能代替死去的爬山虎吗？